いくさの底

古処誠二

角川文庫
21988

1

そうです。賀川《かがわ》少尉を殺したのはわたしです。

もちろんあなたの倫理観においては許されることではないでしょう。ですが少しだけ立場を逆にして考えてみてください。二度と訪れない好機が巡ってきて、それでも行動を起こさずにいられるものでしょうか。

口外できない日々になった。

＊

その始まりは慌ただしかった。

編成完結早々トラックで運ばれ、朝まだきの街道で下車し、山道を徒歩行軍に入った。ヤムオイという名の村が目的地だった。北部シャン州の、いわゆるビルマルートを東へ外れた山の中である。ビルマ戡定《かんてい》がなった直後から重慶《じゅうけい》軍の侵入が見られる一帯なのだという。行軍には相応の緊張がともない、いつ支那《しな》兵が出てくるかと依井《よりい》も微力ながら警戒の目を走らせることになった。

そうした意識は三十分も過ぎる頃には霧散していた。風光明媚なメイミョーでの勤務に慣れた身に山道は予想をはるかに超えて過酷だった。軍隊では三十を過ぎれば老人扱いされるというのもうなずける話である。登山などとはまるで異なり、各個の筋力や持久力が一切考慮されない行軍は非情としか言いようがない。二週間分の副食と携帯口糧を詰め込んだ背嚢《はいのう》は重く、汗の染みていく軍衣袴《ぐんいこ》も重かった。細い川に沿う山道は起伏が続き、警備隊の歩度がひたすらうらめしかった。

「少しの間でも兵に背嚢を預けてはいかがですか」

見かねたのか、最初の小休止を迎える前に賀川少尉がそんなことを言った。内地なら学帽をかぶっていても違和感がないだろう指揮官だった。

「まだ四時間はかかります。無理はしないでください」

「踏破してみせる。少尉さん、どうか年寄り扱いはせんでくれ」

「隊からすればお客さんも同然なんですから遠慮は無用ですよ」

通訳といえども将校待遇には違いなく、下士官兵に情けない姿をさらす気にはなれなかった。それでなくとも若者に苦労を押しつけている戦争である。気遣いに感謝を述べたあと依井はきっぱりと告げた。

「君たちが連隊の名を重んじねばならぬように、わたしは扶桑綿花《ふそうめんか》の名を重んじねばならない。理解してくれないか。たかだか四、五時間の行軍で音を上げたとなればわたしの立場が危うくなるのだ」

倒れられでもしたら面倒だと賀川少尉は無遠慮な物言いになった。不安を与えているだけで依井はすでにお荷物だった。

そのうち下士官たちがおもしろがり始めた。扶綿《ふめん》の人は強情だとささやき、体力がいつまでもつかとタバコを賭けるのだった。将校待遇といってもしょせんは名目でしかないのである。年寄りはたいてい意固地だという声と、許される程度の笑い声がじきにあがった。

ひとたび意地を張ったからには引っ込みがつかなかった。二度目の小休止に入る頃には両肩が痛み始め、三度目の小休止に入る頃には背筋が痛み始めていた。痛みを隠しての行軍に体力はいっそう削られ、気がつくとすっかり顎《あご》が出ていた。歩度を縮めるよう尖兵に命じた賀川少尉はその後こまめに小休止を取った。

行軍は最終的に六時間を超えた。

依井が足を引っ張ったのは事実である。ただし踏破し得たのも事実である。年齢と身分を考えれば根性だけは立派だと自分でも思う。

視界がひらけたのは十度目の小休止を終えて間もなくのことだった。隊を一度止め、賀川少尉は東を指した。

「あれだ」

ヤムオイ村は周囲を低い山に囲まれた盆地に位置していた。不相応な面積の田畑をしたがえ、予想に反して広々として見える村だった。

真ん中を走る牛車道と、不規則に点在する林と、林を避けて走るクリークに不思議な調和が感じられた。美しいというのが率直な感想である。太陽は中天にかかり、雲ひとつない乾期の空がどこまでも青かった。

眺めるうちに内地の秋に見る山里が連想された。事実、気候も日本の秋に近かった。シャン州はただでさえ涼しく、山の中ともなればことさらだった。

「全員身なりを整え威儀を正せ」

いつ住民に出会ってもおかしくないとの注意が重ねられた。残す距離はわずかで、それもおおむね下りだった。脚絆《きやはん》を巻き直し、帯革を締め直し、略帽をかぶり直し、依井はそっと深呼吸した。

美しい景色と清涼な空気はささやかながらも安らぎをもたらした。ビルマの戦いが始まって一年、ビルマに暮らして六年になる。そのあいだ低地にも高地にも足を運び、都市にも村落にも足を運んだ。絶景も眺めれば、奇景も眺めた。しかし特定の景色に安らぎを覚えたのは初めてだった。

•

怒江《どこう》を渡った重慶軍の遊撃隊は日ごと活発化している。日本軍を見れば必ず逃げ、住民に対しては略奪を働くという分かりやすい敵である。ときに女を犯し家に火を放つとなれば治安を乱すことに目的があるとみるべきだった。

なんといっても重慶軍は兵隊の頭数に困らない。警備にはおのずと限界があり、可能な限りの人員を集めて治安維持に充てるほかないというのが日本軍の実状である。賀川警備隊の人員と装備も最小限にとどめられていた。

だからといって不安があるわけではなかった。兵隊は連隊に留め置かれていた補充兵ばかりで、多くは支那事変に鍛えられた古強者である。指揮を執る賀川少尉にいたっては戡定作戦時に北部シャン州で戦った経験を持っており、七か月ほど前までヤムオイ村に駐屯もしていたという。指揮官の顔が利けば住民の警戒心を解く努力はほとんど不要で、敵の出没にのみ備えていればいい。語弊のある言い方ではあろうがそれは軍隊にとって最も楽な仕事だった。

さらに意を強くする要素があった。ヤムオイ村を目前にしたとき交番を思わせる小屋にぶつかったのである。軍隊で言うところの分哨《ぶんしょう》だろう。形ばかりとはいえ村は自警態勢を取っているのだった。

巡査のサーベルよろしく、ダアと呼ばれる刃物を吊した男が立っていた。尖兵に停止を命じた賀川少尉が前へ出ようとしたところで男は目を大きく見開き「賀川チジマスター」と言いながら駆け寄ってきた。

思いがけない再会には違いなく、片言のシャン語で息災を確かめる賀川少尉に男は驚きもあらわだった。「少し待っていてください。みんなに知らせてきます」と村へ駆けて行った。

美しいことに加え、静かでのどかな村だった。点在する家のことごとくが陽と雨と風を緩和する林をしたがえていた。盆地というよりは幅三キロほどの谷地というべきだろうか。南北の山と牛車道に沿う小川がその印象を強めていた。

隊では次席にあたる杉山准尉《すぎやまじゅんい》が小屋を不思議そうに眺め回した。

「分哨が設けられた村などわたしは初めて見ました」

「行商人やアヘンの密売人が通過するからな」

「前回のご指導ですか」

「撤収時にごく簡単な指導をしただけだ。いまだに続けているとは思わなかった」

その点では賀川少尉も驚いてはいるようだった。街道から半日の距離でしかないからには重慶軍の蛮行話もそれなりに届くのだと思われた。

「前回はあの林に宿舎を設けた」

竹を主な建材とした宿舎が分哨小屋の背後に残っていた。村の西外れである。風雨に汚れ、舎前には雑草も生い茂っていたが、少し手を入れれば使用できそうだった。宿舎の建設が不要なのはありがたい話で、行軍が長引いたぶんはそれで相殺できると兵隊たちは喜んだ。

そうこうするうちに先刻の男が年かさの男をひとり連れて戻ってきた。村長だった。

距離を詰めつつ村長は我が目を疑うような面持ちでいた。賀川少尉が「御無沙汰しています」と声をかければ「本当に賀川チジマスターだ」と手を取った。

話を聞きつけたのだろう住民がぽつぽつと現れた。村長が再会を喜ぶ間にもその数は増していった。

どの顔も賀川少尉の姿に驚き、警備隊が村長宅へ向かい始める頃には道に沿って人垣が作られていた。あくまで一定の距離を取り、群がることはなかった。複数の男が仕切っているのである。警備隊は大名行列のごとく牛車道を進むことになった。

「隊長殿、駐屯の準備を早めに進めておきたいと思います。よろしいですか」

到着の遅れは隊を実質的に掌握する杉山准尉には懸念すべきことだった。村内の巡回、米の買い付け、宿舎の点検と整備などは日没までに済ませておかねばならなかった。「頼む」という声を受けてさっそく動き始めた。

准尉という階級は言うなれば名誉階級で、二等兵から実務をもって進級を重ねた者が到達する最高位である。当然のごとくその手際はいい。下士官の三名を名指しし、それぞれに必要な兵を割り振ると、「住民とは無用な接触を持つな」との注意を与えた。さしあたって賀川少尉のもとには護衛の八名のみが残された。

「扶綿さん、あなたは隊長殿から離れずにいてください。このまま村長の家へ向かいます」

村長の家は村のほぼ真ん中だった。林の一角に建てられた典型的な百姓家屋である。牛車が庭の隅に置かれ、牛が繫《つな》がれ、籾倉《もみぐら》が建てられ、林の迫る裏からは鶏と豚の声があがっていた。

高地にあってはさほど高い床も必要なく、日本で言う縁側にあたる露台からは茶の間が丸見えだった。それらを確認した上で杉山准尉はさらに指示を寄越した。

「家に入ったら聞き漏らしのないよう注意してください。やりとりに齟齬《そご》の生じた場合は面倒でも必ず修正してください。ささいな齟齬もおろそかにしてはいけません」

准尉自身は兵をともなって前庭で待機だった。その後ろでは、ついてきた住民たちがやはり人垣を作っていた。家に引っ込んでいるよう言われたものらしく女子供の姿はなかった。

住民にしてみれば警備隊は異国の軍隊でしかなく、指揮官をのぞいた四十名弱は武装した未知の人間である。依井の見る限りでは賀川少尉との再会を素直に喜んでいるのは村長だけだった。

•

街道の市場で買ったというカチン茶を出しつつ「やっぱり子供は無理なようです」

などと女房が言った。どこかの村から養子をもらうほうが早いと村長は笑った。村長夫婦はともに四十路《よそじ》だった。

どこの部隊でも下級将校は多忙と決まっており、賀川少尉のシャン語は日常会話の域を出なかった。この地の空気のうまさと景色の美しさをたどたどしく語ったあとは依井の通訳に頼って近況を伝えた。前回の駐屯は戡定中から戡定後にかけての二か月ほどであったらしい。すなわち去年の四月下旬から六月下旬にかけてである。賀川少尉はそのころ歩兵小隊を預かっていたという。

「ヤムオイ村を去ってから連隊本部付となりました。第一線から退けられたのです」

おおざっぱにではあろうが村長も軍隊組織は理解していた。

「栄転ですね。ここでの勤務が評価されたのでしょう。我々の目にも賀川チジマスターは実直で勇敢でしたから」

「とんでもない。連隊本部付と言えば聞こえはいいですが実態は小間使いです。なにか雑用があれば回されてくるのです。ブヅキブヅキと軽侮されてばかりです」

本部付や司令部付は総じてブヅキと略される。その旨を付け加えて通訳すれば村長は謙遜と受け止めた。

「なんでも任せられるのですから誇るべきことです」

警備隊にとって重要なのはあくまで治安と敵情だった。村長がこの七か月のことを語り始めると賀川少尉は表情を引き締めた。

「分哨を村の東西に置いているためか支那兵が現れたことはありません。ですがもちろん村を通過する者がないわけではありません」

村を抜ける道を東進し続ければいずれは怒江に達する。小部隊もしくは少人数での侵入を繰り返す重慶軍は兵要地誌も充実させ、斥候《せっこう》の類となればまず確実に便衣をまとう。村を通る行商人やアヘンの密売人の中には支那兵もきっといると村長は言った。

「行商人などが現れる頻度に変化はありますか」

「相変わらず不規則です。三日と空けずに現れたかと思うと三週間も四週間も現れないといった具合で」

その姿や様子もまちまちであるという。背負子《しょいこ》を担いでいる者もあれば牛車を御している者もある。ひとりきりの例もあれば三人連れの例もある。むろん昔からのなじみもいれば、まったく見たことのない者もいる。緬支《めんし》国境に近い地域ではどこでも聞かれる話だった。

庭に控える当番兵を呼ばわり賀川少尉は心もち居住まいを正した。

「実は村長、少しばかり面倒なお願いがあるのです」

委細承知の様子で当番兵は駆け寄ってきた。雑嚢《ざつのう》から取り出されたカメラが露台越しに手渡された。

「これを村に渡しておこうと思いまして。よそ者が現れたときは撮っておいてほしいのです」

カメラ自体は別段珍しいものではない。しかし村長は扱ったことがないらしく手つきがぎこちなかった。

「でしたら東の分哨で申し送る形にしましょう」

「それはいけません。隠し撮りでお願いしたいのです。軍が把握したいのはビルマ人に化けた支那兵です。村のすばしっこい男にでも持たせておいてください」

村長は少し不安げな表情になった。

「すると賀川チジマスターはすぐに立ち去るのですか。また駐屯してくれるわけではないのですか」

「期間については我々もはっきりとは知らされていません。なにぶん非建制の警備隊です。おって連隊から指示があるでしょう」

さしあたって二週間と示されていたが、方々で展開されている討伐の進み具合で駐屯期間は伸縮すると心を構えておかねばならなかった。非建制を当座の編制と訳して依井は伝えた。

「我々がいる間はさすがに支那兵も通らないでしょうから撤収までに隠し撮りの態勢を整えてもらえれば充分です」

「フィルムは定期的に回収されるわけですね」

「連隊本部の者が直接回収に来ます。あるいはそれもブヅキ将校の仕事になるかも知れませんし、わたしもできれば志願したいと考えています」

ならば喜んでやりましょうと村長は笑顔になった。

「使用法を教えてください」

自分ひとりでは心もとないと助役が二名呼ばれた。どこの村にもいる村長の手足となる存在である。

人垣の中から助役たちは出てきた。賀川少尉は彼らを「オーマサ」「コマサ」と呼んだ。人垣を主に仕切っていたふたりだった。

村長と同年輩のオーマサなる助役がカメラを手にし、話の流れが改めて説明された。隠し撮りの態勢がどうなるにせよ、住民の協力が不可欠であるからには助役の責任は重大である。カメラの操作法を語る賀川少尉にも、補足と誤解の修正をする依井にも、彼らは真剣な表情を崩さなかった。

ふたりで合計十枚近くが試し撮りされ、フィルム交換の方法が教えられた。試し撮りフィルムを物入れに押し込みながら賀川少尉は付け加えた。

「雨に濡らしてはならない。フィルムともども保管にはブリキ箱と油紙を必ず使え」

話し合いの結果カメラはコマサと呼ばれる助役が預かることになった。こちらはまだ若い助役だった。よそ者を見かけたら連絡するよう住民に布告しておくとのことだった。

指揮官の顔利きはやはり大きく、すべてはつつがなく進んだ。行軍の足を引っ張った負い目が時間とともに薄れ、体の痛みがやわらぐほどに、依井は安堵を深めた。

村長はいかにもそつがなかった。警備駐屯の主任務というべき巡回と捜索への理解も早く、案内人を選定しておくと請け合った。分哨と宿舎の確認が始まればみずから案内に立ちもした。賀川少尉と肩を並べて歩く姿は、どうかすると大成した息子を誇る父親のようだった。

分哨勤務は村の男に代わって兵隊がつけばいいだけである。村の自警態勢では東西のそれぞれに一名がつけられていたが警備隊では三名ずつとした。敵出現時の即応と伝令を考慮してのことだった。

使用を続けているだけあって分哨小屋には傷みもなく村長はその点で胸を張った。

「雨漏りなどは修繕しています。宿舎のほうは点検してみる必要がありますが」

宿舎は合計五棟が並んでいた。警備隊に与えられた任務を考えれば兵舎と呼ぶべきだろうが造りはあくまで簡素である。駐屯地とされる一帯にしても単なる林だった。営門もなく、牛車道の分哨がその代わりを務めることになる。ようするに実態は宿営だった。

クリークの一本に近い点と敵方に暴露していない点がここに据えられた理由だという。賀川少尉はクリークの水場も確認し、さらには裏林の廁《かわや》を確認した。

その頃になると村長は依井に対して好奇の目を隠さなくなっていた。質《ただ》す機会を探っていたのか、宿舎の清掃と舎前の草刈りにかかった兵隊を眺めながら声をかけてきた。

「あなたのシャン語はずいぶんと流暢《りゅうちょう》ですが、どこかで特別な教育でも受けたのですか」

兵隊にしては老けていると言いたげでもあった。軍衣袴をまとっていながら銃器を持っていないのも不可解であるようだった。ビルマ生活は六年になる。自分は扶桑綿花の社員である。それらを告げると納得の顔が返ってきた。

「聞いたことがあります。ミツイ、ミツビシ、フメンでしたか」

「シャン州には観光でもよく来たのです」

「それはまたなぜ」

「日本に似ていますから」

秋を思わせる気候もさることながら民族の風貌もよく似ている。郷愁とともに親近感を抱かざるを得ない土地と言っていいだろう。シャン州観光を好まない者など扶綿にはひとりもいなかった。

「こんな山の中でも似ていますか」

「山の中ほどそっくりです。すべての面で酷似しています」

「そういえば賀川チジマスターも以前言っていましたか。ここは生まれ故郷を連想させるとか」

その賀川少尉は紙ばさみを手に杉山准尉と頭を寄せ合っていた。気負いは特にうかがえず、一帯と山々を見渡す横顔はむしろ光景を愛でていた。

夜も賑やかなメイミョーに三日前までいた自分を依井はふと疑わしく思った。車両が出されれば当然だとしても短時間で別世界へ来たことに変わりはない。慌ただしい編成と行軍は悪く言えば泥縄式である。

要領を心得た古強者たちがそのぶん頼もしかった。編成完結からわずか一日の警備隊とは思えないほどにその動きは機敏だった。班の能力を競うかのごとく雑草は刈られていき、舎前の食卓と長椅子が修繕されていった。

あらゆることが規定されている軍隊である。宿営だろうと駐屯だろうと将校と下士官兵の宿舎はきっちりと分けられる。やむにやまれぬ事情でもない限りそれは絶対である。五棟のうち四棟が下士官兵にあてがわれ、一棟が賀川少尉の専用とされた。

煩わしいことに階級の上では将校の杉山准尉は身分の上では下士官だった。将校待遇の依井にしても身分は軍属であって、つまりは民間人である。将校宿舎に出入りできる例外は身の回りの世話をする当番兵だけだった。

そうした駐屯態勢が整うのを見届けて村長は引き揚げた。「再会の宴を明日にも催しますから行軍の疲れをとっておいてください」との言葉が残された。

山間の陽はみるみる傾き、気温はそうと分かるほどの早さで低下していった。買い付けてきた米と持参した副食という食事を終えたときには夕闇が訪れていた。

何も問題はなかった。誰に訊いても円滑に進んだと答えるだろう一日だった。

•

暗くなったら努めて寝るという点で戦地における兵隊は百姓に近い。夜の到来とともに駐屯地は静まり、カンテラを頼りに日記を付ける者や裁縫をする者が毛布の上にあぐらをかいた。

メイミョーとのあまりの落差に依井は時間を持てあました。早くもいびきの上がり始めた宿舎にいてもすることがなく一度舎前へ出た。

明るい月がひどく印象的な夜だった。啞然《あぜん》とするほどの星数も手伝い、木々や宿舎は青白く縁取られていた。林の迫る駐屯地は大げさに言えば幻想的だった。

長椅子で談笑していた古参顔の兵隊が消え、カンテラを手に厠へ向かう兵隊も途絶えると、虫の音が押し寄せてきた。食卓と長椅子は竹が組まれただけのものである。刈りたての雑草のにおいとあいまって僻地の風情をかきたてていた。

「明日から本格的に忙しくなるはずですから扶綿さんも早いところ就寝したほうがいいですよ」

杉山准尉が出てきて斜向かいに腰掛けた。不寝番割りをしてしまえば准尉の仕事は終わりであるらしく、就寝前の一服といった風情でタバコが取り出された。

敵遊撃隊が活発化しているがゆえの駐屯であり依井の配属である。日本軍を見れば逃げる敵を恐れる必要はさしあたってなく、村に対する接触を確認しておくことが警備隊にとっては先決だった。

「准尉さん、あんたの見立てではどうだね。重慶軍の手は伸びていると思うかね」

「なんとも言えません。巡回班の報告では怪しむに足る人間は見当たらないようですが」

明答を嫌ったわけではあるまい。杉山准尉は純粋な思案顔を作った。

「隊長殿いわく、住民が一定の距離を保つのはこの村の傾向だそうで心配はないようです。当初から誰もがうやうやしかったのだとか。単によそよそしいだけだとしても、それはそれで結構なことです。いきなり我々を歓迎してみせるなら逆に危ない。ただ、そうすると村長がほがらかに過ぎる気がします。指揮官のみが面識を持つ例はわたしも初めてで、どうにも感触が摑みにくいというのが正直なところです」

今あれこれ憶測しても仕方がないと煙がひとつ吐かれた。山の夜気に吸うタバコはまた格別である。月に向けられた目がしばし細められた。

「ところで体はどうですか。肩はともかく背筋の痛みが抜けないでしょう」

「分かるかね」

「わたしが何年軍隊にいると思っているのです」

杉山准尉は隊の最高齢者である。それでも依井よりは若く、「三十過ぎれば老人扱いというのは決して馬鹿にしてのことではないんです」と今さらながらに苦言を呈した。そのために一服つけたのだと察せられて依井は反省した。

小隊規模の警備隊に准尉という階級が組み込まれるのは異例である。下士官兵に利かせる睨《にら》みにおいて賀川少尉は力が足りないと連隊人事は判断したと考えるべきだろう。預かった通訳が体を悪くすれば、つぶれるのはたぶん杉山准尉の顔だった。

不寝番の第一直がさっそく舎前に立った。「上番します」と杉山准尉に告げ、おりしも将校宿舎から出てきた賀川少尉には「服務中異状ありません」と報告した。

ご苦労と返しつつ賀川少尉は裏林へ向かった。厠である。手にはカンテラを下げていた。

自分も厠へ行っておこうかと考えはしたものの少し億劫《おっくう》に思った。夜中に目が覚めることもあるまいと依井はそのまま寝床へ向かった。

＊

殺すのは造作もないことでした。夜の闇と廁の壁に身を潜めるわたしに賀川少尉はまったく気づきませんでした。人間とは実に簡単に死ぬ生き物なのです。声のひとつも立てず、動脈から血を噴き出し、膝から崩れ落ちました。おかげでわたしは服を汚してしまいました。

クリークの冷たい水で顔と服を洗いながらしみじみ思いました。人間悪いことはできないものだと。悪い行いは必ず跳ね返ってくるのだと。

賀川少尉はきっと殺される理由も分からないままだったでしょう。そもそもわたしの顔も見てないと思います。ですが、そんなことはどうでもいいのです。みずからの行いの結果で賀川少尉は死んだ。わたしにとってはそれで充分なのです。

身勝手だと思いますか。

それならそれで結構です。

もしわたしの行いが悪いというなら、わたしもいずれは何かしらの報いを受けるだけです。

＊

もともと寝付きはいいほうである。軍隊慣れしたせいか、いざ横たわってしまえば寝返りのひとつとして打たぬまま眠りに落ちるのが常になっていた。

寝入りばな、杉山准尉と誰かが話す声を聞いた気がする。それからどれくらいの間があったのか、肩を揺さぶられて依井は目を覚ました。

「扶綿さん、ちょっと」

暗い宿舎の中、杉山准尉の顔がのぞきこんでいた。切羽詰まったような口調と表情だった。すでに寝息といびきが満ちた宿舎にあって、戸口に立った不寝番が怪訝《けげん》そうにカンテラをかざしていた。

「どうかしたのかね」

「外へいいですか」

思いがけず強い力で襦袢《じゅばん》をつかまれた。「外被を羽織ってください」と一方的に告げて杉山准尉は出ていった。

梢にかかる月がまばゆかった。夜気はいよいよ冷たく依井は襟を立てた。

立派な階級を持つ者が落ち着かぬ様子を見せるのはただごとではない。よくよく見れば准尉は拳銃嚢をかけていた。「なにがあったのかね」と問い直せば宿舎群と不寝番から距離が取られた。

「隊長殿が死んでいます」

軍隊生活の長い者ほど言葉は簡潔になる。一分一秒を争う非常時に備える軍隊は、あらゆる事態に最短時間で対応できるよう訓練されるからである。整列も点呼も体力の向上をはかるのもそのためだった。理解のおよばぬ依井を裏林へとうながしながら杉山准尉はさらに理解のおよばぬことを言った。

「あなたにも見てもらわねばなりません。つきあってください」

林の迫る宿舎の裏は闇だった。枝葉の隙間からわずかばかりに月光が落ちていた。准尉の歩みは速く、依井は何度かつまずいた。臭気と蠅を考慮して厠までは相応の距離が取られていた。宿舎がそうであるように建材は竹である。戸は設けられておらず、最低限の屋根と壁で囲われていた。

入り口にカンテラが灯っていた。賀川少尉の当番兵が顔面を蒼白にして立っていた。

その手には銃が握られ、足元には人影がひとつ倒れていた。一帯には濃い血のにおいが漂っていた。

ひとつ大きく息を吐いた杉山准尉は頭の働きを確かめるような表情を向けてきた。

「扶綿さん、よく見てください。よく見るのです」

カンテラがかざされると血だまりが淡い光を反射した。首から大量の血を流して賀川少尉はうつぶしていた。顔の四分の一は血に沈んでいた。

戦地で一年を過ごしても友軍将兵の亡骸《なきがら》を見た経験は数えるほどしかない。しかもそのすべては携帯天幕やアンペラをかけられたものである。事態の理解どころか光景の認識すら依井はおぼつかなかった。

「……どういうことだ」

杉山准尉は答えず、とにかくよく見てくれと重ねた。しゃがみこみ、そっと手をのばし、亡骸をゆっくりと仰向けにした。

首が大きく割けていた。傷は極めて深く、仰向けに斬首されかけたかのような惨さだった。

「どういうことだ。君たちはいったい何をした」

当番兵が息を呑んだ。銃を握る手が小刻みに震えていた。立ち上がった杉山准尉はひどく疲れた顔になった。

「どういうことなのか我々にも分からないのです」

林の闇には虫の音が寂しげにあがっていた。梢を抜ける月光はここでも青白かった。血は凝固しておらず、亡骸は体温をほぼそのまま残していると思われた。発見したのは当番兵である。しかしその弁は頼りなかった。

「隊長殿の戻りが遅く、気になって来てみたところ」

この状態だった。なにが起きたのか分からず思考が停止したという。兵隊としての習性が働かなければ杉山准尉への報告すらままならなかったろう。

杉山准尉も寝入りばなだった。依井と同じように揺り起こされ、理解がおよばぬまま厠まで来たもののようだった。

「とにかく今はこの光景がすべてとしか言いようがありません」

理解を後回しにして認識に努めるのは軍人のひとつの特徴だった。そうでなければ初動が遅れるのである。

杉山准尉は自身の手首を見た。腕時計を外していることに気がついて当番兵の腕を取った。不寝番の第一直がまだ上番中である。依井が床についてから三十分と経過していまい。

訊きたいことが山ほどあるような気がする一方で何を訊けばいいのか分からなかった。なぜ自分が起こされたのかも杉山准尉がどう対処するつもりなのかも定かでなかった。

「扶綿さん、凶器をどうみますか」

「どうとは」

「なにが凶器だと思いますか」

理解を後回しにすべく依井は努めた。改めて確認しても賀川少尉の有様は惨かった。迷いのない一刀が振るわれたことだけは確かである。

軍人に対しては軍刀を挙げる必要などむろんなかった。

「ダアだ。言い切れることではないが」

「断言までを求めるつもりはありません。ビルマで長く暮らしている扶綿さんは凶器をダアとみる。そうですね」

ダアを日本人の知識で表現するなら鉈《なた》である。第十五軍においてはビルマ鉈との呼称も定着していた。

ダアのない家などビルマにはなかろう。薪を割るにも食材を切るにも使われる、言うなれば万能の道具だった。

「形状や大小の差はあっても一刀でここまで深い傷を負わせられるものとなれば他には思いつかない」

「よく分かりました。つらい確認をさせて申し訳ありませんでした」

宿舎に戻っていてくださいとの言葉が続いた。兵隊ならばこうした場合でも敬礼して立ち去るのだろうか。依井は無言で見つめ返した。

「どうしました。戻られて結構ですよ」

「戻れと言われて戻れるわけがなかろう」

何がどうなっているのか。隊はこれからどうするのか。一切が分からず見当すらつかなかった。宿舎に戻ったところでまさか眠れるはずもなかった。

態度や表情はともかく杉山准尉も動転はしていたのである。そしておそらく気も急いていた。「そうですね。戻れるわけがありませんね」と視線が外された。

ひとときの黙考がなされた。准尉の視線は亡骸に落ち、血だまりへ流され、厠の壁に飛んでいる血へ留められた。寝ている兵隊には伏せるつもりでいるのは明らかだった。その理由は分かるような気もしたし分からぬような気もした。

「准尉さん、舎前の不寝番もいぶかしく思っているのではないかね」

腹を決めたのか杉山准尉は「呼んでこい」と当番兵に命じた。その後につぶやかれた言葉は間違いなく無意識によるものだった。

「四人」

当番兵に連れてこられた不寝番は亡骸を一目見て絶句した。間髪をいれず杉山准尉は「よく聞け」と告げた。目は等しくふたりに向けられた。

「隊長殿は厠へ立ったおりにマラリアを起こされた。一刻も早く軍医に診てもらわねばならない。分かるな。お前らふたりですぐに担送するのだ」

不寝番はその勤務態度からすればよく出来た兵隊だろう。将校当番に指名されるのもよく出来た兵隊だけである。ともに上等兵となれば細かな指示や説明も不要だった。杉山准尉は当番兵の顔を正面から見た。

「近見崎《ちかみざき》、お前が先任だな。隊長代理として命令する。ただちに担架を製作しマラリアに倒れた隊長殿を連隊まで担送せよ」

蒼白の顔のまま近見崎上等兵は復唱した。

「近見崎上等兵ほか一名は、ただちに担架を製作しマラリアに倒れた隊長殿を連隊まで担送いたします」

誰かが厠へ来れば四人ではすまなくなる。杉山准尉の抱えるそうした焦りを上等兵たちもたぶん見て取っていた。銃剣を抜いたかと思うと手近な竹を切り出しにかかった。竹と被服を利用しての担架はものの十分もあれば作れるはずだった。

「扶綿さん、あなたにも手伝ってもらいます」

壁に飛んだ血をごまかしてほしいと杉山准尉は要求した。

「水でも泥でも使って、とにかくごまかしてください」

慌ただしい措置は、それでいながら滞りなく進んだ。

宿舎で自身の荷物を探り、依井は水筒と手拭いを引っぱり出した。感じたことのない強ばりが全身を覆っていた。舎前でカンテラに火を入れるとき指先が震えていることに気づいた。クリークへと向かいながら努力して深い呼吸を繰り返した。

水筒に水を詰めるおりには身震いがきた。夜気も冷たければ水も冷たかった。なによりも事態が怖ろしかった。

思い切って顔を洗うといくらか頭が冴えた。具体的かつ最も重要な疑問を抱いたのは厠へと足を向け直したときである。

誰が殺したのか。

厠のそばでは早くも急造担架に亡骸が乗せられていた。亡骸には軍毛布が何枚かかけられた。

「血だまりの処理もお願いします」

小円匙《しょうえんぴ》を押しつけてきたかと思うと、担架をうながしつつ杉山准尉は背を向けた。分哨へ先回りするためである。

厠の手水《ちょうず》も動員して壁を洗い流した。血の染みた土を藪《やぶ》へ放り、適当な土を運ぶうちに、依井の頭は回り始めた。

賀川少尉が殺されたことを知れば住民はどう考えるか。

さらには兵隊はどう考えるか。

そしてどうなるか。

はっきりしているのは、すべてが悪い方向にしか働かないということだけだった。賀川少尉は指揮官であって村との唯一のつながりである。

そうした人物が死んで喜ぶのは重慶軍だけだった。より正しく言うなら、この山間への進出をうかがっている斥候か遊撃隊だけである。

依井はまた別の意味で身震いした。雑木の林は暗く、カンテラの光量はあまりにとぼしかった。

2

賀川少尉がマラリアで後送されたと聞かされ兵隊たちは耳を疑う表情になった。つまらない冗談とでも思ったのか呆れ顔を返す者すら散見された。説明するのが准尉という階級の持ち主でなければ疑問の声が上がっていても不思議ではなかった。

「マラリアはそれほどに怖ろしい。唐突に熱発を起こし、ときには一気に意識が混濁する。悪寒は筋肉という筋肉を硬直させ体の自由を奪う。気分のすぐれない者はないか。気だるさの少しでもある者は挙手せよ」

空がようやく白み始めた舎前で四列横隊が維持されていた。休めの姿勢を取ったまま兵隊は誰ひとりとして手を挙げなかった。

ビルマ全土が戡定《かんてい》されたあと満期除隊者と入れ替わる形でやってきた補充兵たちである。ビルマでの実戦経験もなければ疾病経験もなかろう。正直に手を挙げるよう告げられても動く者はなく、「よし」という一声をはさんで杉山准尉は続けた。

「馴致《じゅんち》教育や衛生教育は一通り受けているだろう。だがお前らはまだビルマを理解しきれていない。その自覚を持って今後の任務に当たれ。マラリアだけではない。ビルマには様々な風土病があり伝染病がある。そのことごとくは体力の低下につけ込むと心得よ。今日は平気でも明日は分からん。今は平気でも一時間後は分からん。よって今後は単独行動を一切禁ずる。おわり」

なお班長はこの場に残れと付け加えられた。

先任軍曹の号令とともに敬礼がなされて横隊は崩れた。兵隊にとって納得のほどは重要ではなく、隊長代理の弁となれば黙って受け止める他ないだけだった。

杉山准尉のいう班長とは下士官のことである。先任にあたる軍曹以下五名が警備隊には配属されており、捜索や巡回の長が定められていた。

「いいか、兵をよく見ておくのだ。単独行動の厳禁は一切の例外も認めん。厠《かわや》へ行くにも二名以上で徹底させよ。単身でうろつく兵を見つけしだいお前らを命令不履行で処断する」

事を偽る色がまるでなく表情はどこまでも険しかった。賀川少尉はマラリアで後送されたと自身がまず信じる努力をし、その上で朝を迎えたのだった。下士官たちは隊の雰囲気が一変した実感を表情にのぞかせつつそれぞれの任務へ散った。

強引であろうと最初の難関は越えたと言える。さりとて兵隊の姿の絶えない駐屯地では安堵の表情ひとつ作れなかった。クリークへと向かいながら杉山准尉は頬を何度か叩いた。

「扶綿さんにはもう少し苦労を担ってもらいます。隊の任務はより重くなったともみなせますから」

「それはいいが、いつまでも隠し通せることではなかろう」

「不測の事態にあたっては目前の障害に集中すべきです。近見崎たちは日没までに戻って来るでしょう。あるいは連隊から将校のひとりも駆けつけてくるでしょう。とにもかくにも現状を維持したまま連隊の指示を待たねばなりません。太陽が昇ったら村長のところへ行きますから一休みしておいてください。一睡もできなかったでしょう」

クリークの水場では兵隊が米を研いでいた。時間と労力の節約のため炊爨《すいさん》は二食分だった。裏林にも薪集めの兵が入り込み、内密の話をする場所の確保は存外にむずかしかった。

「隊長代理なら将校宿舎を使っても構わないのではないかね」

宿舎の確認もしておいたほうがいいとほのめかせば「おっしゃるとおりです」と杉山准尉は足を向けた。

賀川少尉にあてがわれた宿舎は他のそれとまったく同じである。竹網代《あじろ》の壁と茅葺きの屋根で、中にも特別な物はなかった。

奥に綱が一本張られ、昨夜のうちに洗われた襦袢《じゅばん》や褌《ふんどし》が干されていた。洗濯をしたのは近見崎上等兵である。将校の軍装一式は壁際に整頓されていた。

「厠から戻れば就寝するおつもりだったのでしょう」

まさか指揮官の持ち物を漁るわけにもいかず、またそうした必要があるとも思えなかった。しかし軍刀だけは別である。柄や鍔《つば》に続いて抜き身があらためられ、くもりや刃こぼれのないことまでが確認された。荒らされた様子がないからには厠から戻らないのが気になったという近見崎上等兵の弁を疑う要素はひとまずなかった。

閉じられたままの採光窓を横目に杉山准尉はどっかりと座り込んだ。軍隊では老人扱いされるひとりであることが実感される重たげな動作だった。

「いったい誰が殺したのか。准尉さん、あんたどう思う」

「見当すらつかないからとにかく伏せるしかなかったのです」

「憲兵が乗り出してくるかね」

そのつもりはなかったが兵隊のしわざかと質《ただ》すも同然だった。疲れを深めたような目が返ってきた。

「連隊の判断です」

深い溜息が吐かれ、目頭がしばらく揉まれた。

「写真を撮っておくべきでした。カメラは村に渡してしまいましたが」

「それなら今からでも撮っておくべきだ」

おりよく分哨《ぶんしょう》から連絡が来た。コマサという男が訪ねてきたとのことだった。他でもない、カメラを預かっている助役である。

百姓の朝の早さと村長の様子からすれば助役のひとりも現れるのが当然なのだろう。依井と杉山准尉を見たコマサはひとつ頭を下げた。その手には羽のむしられた鶏が下げられていた。

「これを賀川チジマスターに」

村長からだという。遠慮せず受け取り杉山准尉は礼を述べた。周辺の山を回る予定であることを昨日のうちに賀川少尉が告げており、それならば精を付けてもらおうとの心遣いであるらしかった。

「山はいつ回りますか。賀川チジマスターはまだお休みですか」

「のちほど村長を訪ねる。話はそれからでいい」

コマサはいぶからなかった。

「ではその旨を村長に伝えておきます」

「ところでコマサとやら、昨日貸したカメラを持ってきてくれないか。ロールフィルムも一本頼む」

やはりコマサにはいぶかる様子がなかった。「すぐに持ってきます」と駆け足で立ち去り、言葉どおりすぐに戻ってきた。よくできた執事のようであり無垢な子供のようでもあった。他に要望のないことを確認すると「では」と引き揚げた。

将校宿舎の内部を何枚か撮影し、廁へ向かった。兵隊に見られるわけにはいかず少しばかり間合いをはかる必要があった。二名以上の行動を厳命したのは怪我の功名だろう。依井が宿舎群を見張っている間に撮影を終え、杉山准尉はその場でフィルムを交換した。

それにしてもこの現場はできすぎだった。軍人がひとりになる場所としてこれ以上はない。血を誤魔化した地面と厠の壁を眺めながら依井は無意識のうちにつぶやいた。

「間違いなく一刀だった」

「一刀でした」

撮影済みのフィルムが軍袴《ぐんこ》の物入れへ押し込まれた。依井の視線を追って杉山准尉は厠の入り口を見た。

「出てくるのを待ち構えていたに違いありません。闇と壁に身を潜めて」

声ひとつあげる暇もなく首を割かれたのだとすれば襲いかかった人間の姿すら賀川少尉は見ていまい。喉と同時に動脈を断たれ、それきりだったのではなかろうか。

「近見崎も高津《たかつ》も物音ひとつ聞いていません。襲いかかった人間はよほど慎重だったのでしょう」

高津というのは不寝番についていた上等兵である。

襲撃した人間は不寝番が立つことを知っていたのか。宿舎群まで音が届かぬよう努めただけなのか。いずれにしても不敵な行為だった。声すらあげさせずに殺す一刀は決して衝動的なものではない。

「ひょっとすると倒れる隊長殿を一度は支えたかも知れません」

無音に徹したならばそのとおりだろう。雑木に遮られていても宿舎までは数十歩でしかなかった。

返り血をまったく浴びずに済むとは考えにくい。その点で言えば兵隊である恐れはほとんどない。誰にも悟られずに衣服を替え、あるいはクリークで洗うなど、短時間ではまず無理だった。

「敵の侵入ならば相当に厄介だよ」

「敵の侵入でなければもっと厄介です」

どこかで時間を取って一帯の確認を改めてせねばならないと杉山准尉は表情をいっそう曇らせた。それはきっと、予定されている山の捜索よりも慎重を期さねばならないことだった。

•

ほがらかに迎えた村長は事情を切り出されたとたん驚いた。緊急担送されるほどのマラリアとなれば体力のある軍人といえども落命しかねないのだから当然だった。容体を口にする杉山准尉は淡々としていた。思考の半分は厠における状況に向いたままであるように見えた。

人によっては気を悪くする態度であったろうが村長は良い方向に解釈した。直属の上官が発病すれば年季の入った軍人でも気落ちする。賀川少尉が慕われている証拠である。そんな納得すら表情にのぞかせていた。

「杉山チジマスター、どうか元気を出してください。賀川チジマスターならばマラリアなどすぐに克服しますよ。なんといっても我々と違ってたいそう若い」

仏を日常的に意識する人間にはいつでも心のゆとりがあった。辺境ほど信仰心が薄れるとしてもビルマはビルマである。村長宅の茶の間にも立派な仏壇が据えられていた。

そう思えば住民を疑うことには心理的な抵抗があった。無用な殺生をしない仏教徒を見てきたひとりとして依井はそのとき村に対する疑念をひとまず抑えた。

「隊長殿がいつ戻られるかは分かりませんが、だからこそヤムオイ村での警備駐屯を我々はしっかりとこなさねばなりません。変わらぬご協力をお願いします」

マラリアの克服が簡単であろうはずがなく、この駐屯における復帰があり得ないことは知れきっていた。村長は見るからに杉山准尉を気づかい、あくまで励まそうとしていた。

「承知しています。わたしも賀川チジマスターの復帰時に落胆されたくはありません。ご安心ください」

カメラをコマサに渡してくれるよう頼めば長居は無用だった。村長が「助役のひとりです」と紹介してくれた山の案内人をともなって辞去した。

山の捜索の目的は支那兵の存在やその痕跡の有無を確かめることにある。いかに村長がほがらかであろうとヤムオイ村の安全度はそれなしには計れなかった。村を視界におさめられる範囲に敵の影がなければ可能な限り東方も捜索する予定だった。

「山に入る道はいくつかあります。薪の調達や山芋掘りに使っているのです」

宿舎へと向かいながら案内人はそんな説明をした。潑剌《はつらつ》とした若者だった。

「祖父母やそのまた祖父母も使っていた道です。もちろん牛車などは通れませんが人が歩くには充分です」

そうした道のうち自然と拡張されたものが他の村に繋《つな》がり、さらには牛車道となったのだろう。山の道はアヘンの密輸で拓けると言われ、土着の人間しか知らない獣道然とした道も多い。第十五軍もそうした道の把握努力は続けているものの、いかんせん緬支国境に近い地である。これればかりは重慶軍に一日の長があった。

紹介のおりに聞き逃したのか、それとも覚えきれなかったのか、杉山准尉は案内人に名を問うた。

ビルマの人名は馴染みにくく、カタカナにすれば無理をともない、加えて敬称の使い分けがやや煩雑だった。間違えれば失礼にあたることは言うまでもない。賀川少尉が助役にあだ名をつけたのは正しい措置である。

「君も助役ならばあだ名があるだろう」

オーマサが大政でコマサが小政であることは分かり切っていた。「賀川チジマスターからはイシマツと呼ばれています」と案内人は答えた。それなら忘れようがないし間違えようもないと杉山准尉はうなずいた。良いあだ名だと意訳して伝えれば誇らしげな顔が返ってきた。

舎前で待機していた捜索班にイシマツはさっそく紹介された。ある程度の危険は覚悟せねばならない任務である。指揮官が殺されたことを伏せたまま送り出す杉山准尉の心境はいかばかりだろうか。無理をせぬことと支那兵の存在を前提とした行動が念押しされた。

村長のお眼鏡にかなうだけのものは確かにあり、イシマツには支那兵を恐れる風もなかった。捜索班を指揮する下士官に「では行こう。北だ」と片言のシャン語をかけられると、ためらうことなく隊列についた。

最低でも展望の利く地点は確認せねばならない。兵要地誌の更新材料も押さえる必要があり、それひとつとっても捜索任務は簡単ではない。どれくらいの時間がかかるのか依井には見当がつかなかった。

イシマツは腰にダアを吊していた。森や山へ入るビルマ人の常とはいえ、賀川少尉の死に様を連想しないわけにはいかなかった。凶器がダアであることを依井はすでに疑っていなかった。

ダアを吊しているのは先頭の兵隊も同じだった。さらには後続の兵隊二名も背嚢《はいのう》にくくりつけていた。それぞれ個人で購入したものである。ビルマにおける万能の道具は軍隊においても重宝され、捜索行ではもはや欠かせないものになっていた。

•

ダアが使用されたのは嫌疑のかかる範囲を広げるためではなかろうか。兵隊のしわざなのか、住民のしわざなのか、あるいは侵入してきた支那兵のしわざなのか、そこからはまるで判断がつかなかった。

クリークを越えると兵隊の姿はなくなり、林を大きく回り込みながら依井は自分なりの総括を口にした。

「凶器はともかく状況からすれば兵隊がやったとは考えにくい。返り血の処理ひとつとってもそうだ。裸でやったならまだ分かるがね」

「おっしゃるとおりです」

杉山准尉は山に視線を流していた。

「物理的な面で言えばまだある。不寝番が立っていた以上は宿舎から密かに出ることすらできない」

「それもおっしゃるとおりです」

「感情的な面でも同じだ。編成されたばかりの警備隊には恨みつらみなど生まれる余地がない。賀川少尉に対する殺意など湧きようもない」

連隊本部で編成完結をみたあとは街道をトラックで運ばれた。そして山道をヤムオイ村まで歩いて夜を迎えた。たったの一日のことである。隊には口論のひとつとしてなく、指揮官に対する不平不満もなかった。

「まったくそのとおりですが今は断定するわけにはいきません」

「支那兵が侵入したのだ。双眼鏡を持った支那兵が山のどこかに潜んでいるのだろう」

駐屯地の林から距離を取り、じっくりと南北の山をながめてみれば、昨夜がいかに無防備であったか実感された。夜陰にまぎれて山を下り、点在する林をたどり、田畑の畦を伝い、駐屯地の林へ忍び込む。それくらいなら誰にでもできるだろう。

駐屯地の周辺をいくら歩いたところで得る物はもはやなかった。支那兵だろうと住民だろうと近づくのは容易である。畦も林も草が茂り、雨でもない限り足跡ひとつつかない。

言い方は悪いが、そうとなれば賀川少尉の落ち度である。ヤムオイ村への警戒心を隠さず、初日くらいは四方に分哨を設けるくらいの措置を講じるべきだったのである。

「なまじ村長と旧交を温めたのがまずかった」

「扶綿さんも本音の部分では村を疑っているわけですか」

賀川少尉を殺す理由が住民にあるとすれば、まず重慶軍に取り込まれている場合だろう。そうでなければ過去に悶着でもあったことになり、よほど恨まれていたことになる。村の雰囲気からすればどちらの可能性も否定はできなかった。

「そろそろ村への巡回を出します」

遠く牛の声がいくつか届いた。空はすっかり明るくなっていた。より多くの住民と言葉を交わすために巡回時間は選ばれていた。

舎前に戻れば、巡回班の指揮を執る下士官が兵を整列させていた。ここでの呼称は巡回班長である。「事実上、扶綿さんの護衛のつもりでいろ」と杉山准尉は告げた。

連隊からの連絡がいつ来るか分からず准尉自身はみだりに動けなかった。「扶綿さん、これを」と言いながら拳銃を嚢《のう》ごと押しつけてきた。

「暴発を起こされてはかないませんから弾は抜いてあります。今後はずっと斜めがけしていてください」

飛び道具を持っていると示す必要があるとのことだった。杉山准尉は敵性住民の存在を確信しているように見えた。

村の正確な戸数は二十九だった。一戸五名から六名と仮定すれば平時編制の歩兵中隊程度の人口ということになる。

「軍隊を基準にして物事を考えるのは実は合理的なんですよ」

巡回班長には緊張も見えなかった。何気なく交わしていた会話は村の掌握から人の掌握へと流れた。

「中隊というのは指揮官が兵のひとりひとりを名前で呼べる人数に抑えられています。戦時編制でも二百数十名です」

最上級者が全員の名前と顔を覚えていられることが重要である。それこそが団結の要であるとの主旨だった。

「小隊となると身上や性分まで把握できる人数に抑えられています。これは学校の一学級を思い描けば分かりやすいでしょう。小隊長はさしずめ訓導にあたり、先任下士官は級長にあたるわけです。この形をとっておけば争いや諍《いさか》いが起きてもすぐに察知できますし、身上と性分を踏まえた上での指導も可能になるわけです」

「しかし、にわか編成ではなかなかそうもいくまい」

「ですから、この隊はあくまで一時的な編成でしかないのです。おおむね二週間と内示されたのはそういう意味もあってのことでしょう」

二週間のうちなら問題が生じても凌げる。すぐに解散すると思えば私憤を覚えた兵隊も辛抱が利くとの説明が続いた。それは兵隊のしわざではないとの思いを深めさせ、否応なく村への疑念を高めさせた。

巡回班とはいうものの、その実態は村落捜索班である。賀川少尉の死を伏せていなければとてもこなせるものではなかろう。同居の形を取りながら住民を疑わねばならないところに警備駐屯のむずかしさがあった。

「それにしてものどかな村ですね。愛想はいまいちですが」

家のすべてを早々に回ってはあからさまだった。まずは見かける住民に声をかけ、なるべく距離を詰め、シャン語の怪しい者や不審な者がいないか確認するだけである。むろん村長が住民を把握している限り支那兵などは入り込めない。ただし絶対とは言い切れず、なにより村長が事実を述べている保証もなかった。

「班長さん、たとえば支那兵が特定の住民を操ることなどはできるだろうか」

「不可能ではありません。そもそもが乱暴な敵ですからね。必要なら人質を取って脅すくらいやりかねませんよ」

その割には呑気な様子だった。巡回班長の気配は散歩のそれに近かった。

「ですが村長を見る限りではそうした行為すら困難でしょう。分哨が維持されていたくらいですから隊長殿の言葉が重視されているわけです。もし住民のひとりでも支那兵に脅かされれば村長は気づくでしょうし、ならば我々の駐屯を待たず日本軍に通報しているでしょう」

依井たちはあくまで武装した見知らぬ人間にすぎず、巡回班を見る住民は一様によそよそしかった。かといって愛想が絶無というわけでもなかった。婦人の少なからずが笑顔を寄越し、年輩者のひとりは「茶を飲んでいけ」などと言った。接し得た範囲ではシャン語に不自然さはなく、遠目にうかがう住民もおらず、慌てて身を隠す者もなかった。

「見知らぬ兵隊に警戒するのは当然としても、賀川少尉の部下と知った上で近づいて来ないのがわたしは少し引っかかるんだがね」

「その気になれば敵も簡単に来られる土地なんですからそこは理解してあげねばなりません。支那兵の目がどこかにあると思えば日本軍と親しげにするのも躊躇《ちゅうちょ》されて当たり前です。思うんですが、扶綿さんはちょっと警戒心が強すぎですね。たとえ敵性住民が潜んでいても襲いかかってなどきませんよ」

敵性住民は情報を集めてこそ意味がある。こうした山間においては日本軍の進出を察知することに目的がある。日本軍を襲えばみずからの存在を示すだけである。襲ったところで戦果など微々たるもので、敵にしてみれば住民を抱き込む苦労に見合わない。依井に拳銃を押しつけた杉山准尉をも奇妙に思っているらしく巡回班長はそんなことを並べるのだった。

「巡回といっても、こうして兵隊が歩くだけでことは足りるのです。よからぬ人間は逃げていきます」

支那事変を経験している将兵には敵をあなどる傾向がある。これまでの戦いからすればあなどったところでなんの問題もない。ビルマにおいても重慶軍は逃げるばかりの敵である。

見かける住民はおおむね他人行儀だったが怪しむに足る人間はやはりいなかった。寄り道しながらの一周に巡回班は一時間ほどをかけた。

帰路をたどりつつ依井は北の山を漫然と眺めた。捜索班は信号弾も持って入山しており、敵との接触を含む緊急事態には打ち上げられることになっていた。

いくら眺めても信号弾の上がる兆しはなく、おだやかな晴天の下で山はただ美しい稜線を走らせていた。

待ちかねた近見崎上等兵たちが戻ってきたのは午後に入ってからだった。山道の入り口まではサイドカーで送られたものらしく連隊も可能な限り急がせたことがうかがえた。

「これを預かりました」

連隊副官からだという封書が差し出され、杉山准尉はその場で目を通した。

近見崎上等兵の語るところによれば、賀川少尉の亡骸《なきがら》に連隊本部も動揺を隠せなかったらしい。連隊副官が聴取にあたり、ふたりはことのしだいを説明したという。殺された状況はもとより警備隊が村に入ってからのことまで確認されたようだった。

「封書を准尉殿に渡すよう指示を受けて我々は側車に乗せられました」

「お前らすぐに寝ろ」

両上等兵も寝ておらず目が真っ赤だった。夜道の担送はまた疲労もひとしおだったろう。連隊で食事と休息を与えられたところでくつろげるわけもなかった。

文句も泣き言も漏らさないのだから古強者とは大したものである。有無を言わせぬ口調で「早く寝ろ」と重ねられて二名は「失礼します」と敬礼した。

昼食と分哨の交代を終えた駐屯地は静かだった。言うなれば陣中閑である。それでも杉山准尉は慎重だった。副官からの連絡内容を問えば「任務に変化はありません」と応じつつ将校宿舎へうながした。

　窓が閉じられたままの宿舎で杉山准尉は改めて依井に向き直った。

「隊長殿は戦死されました。扶綿さん、いいですか。隊長殿は戦死されたのです」

　兵隊の前でマラリアと偽ったときと同じ響きの声だった。四角四面では人の集団は回るまいし、それは決して軍隊に限った話でもなかった。

「戦死の経緯はどうなる」

「おって連隊本部から将校が来ます。我々はその指揮下に入れられます。おそらく今日中でしょう。あるいはすぐにも」

　隊長代理としての権限はすでに杉山准尉にはないと考えてよかった。先に近見崎上等兵たちを帰したのはそのつもりでいろという意味だろうか。あるいは山道の程度を考えてのことだろうか。自動車の使用には相当な無理がともない、サイドカーですらどこかで立ち往生しかねない道である。

「たぶん馬ですよ。廏舎《きゅうしゃ》と寝藁《ねわら》の準備をしておかないと」

　それから二時間と経たぬうちに分哨から連絡が来た。驚くべきことに連隊副官がじきじきに現れたとのことだった。

　廏舎の建設に動いていた杉山准尉は作業を中断させた。駐屯地にあった兵隊は仮眠中の者をのぞいて整列させられた。

「扶綿さんは列外でお願いします」

列が整えられると同時に馬が姿を現した。手綱を兵隊にとられ、さらに一名の兵隊をしたがえ、その歩みは優雅だった。

連隊副官もまた若かった。絵に描いたような青年将校である。馬上で敬礼を受けると通りの良い声で告げた。

「兵を作業に戻らせよ」

儀式めいたことは不要とのことだった。見るからに副官は時間を惜しみ、その意を体した帯同兵の動きは速かった。当番兵とおぼしき一名は革鞄を手渡し、馬兵はさっそく水飼へ向かった。

「杉山准尉、急なことでしたね」

将校宿舎へと案内されながら副官はいかにも言葉を選んでいた。「あとで仮眠を取っておいてください」と告げ、それから依井を見た。

「扶綿の通訳さんですね。ご苦労様です。あなたとも話をしたいので少し待っていてください」

将校行李を運び込んだ当番兵がさがり、杉山准尉のみをともなって副官は将校宿舎へ消えた。

舎前に残っていた兵隊たちはとたんに顔を見合わせた。「あーびっくりした」とひとりがつぶやき、「まさか副官殿がおでましになるとは思わなかった」などと笑いあった。見かける機会などほとんどない相手には違いない。副官を出さざるを得ないほど連隊も将校が足りないと解釈され、遊撃隊が活発化を強めている証拠とみなされた。

賀川少尉の死はいつ公にされるのか。公にされたとき兵隊たちはどう思うのか。死の状況までが知らされることはないとしても、それはそれで厄介を招きかねない。いくら思案を巡らせてもヤムオイ村において指揮官ひとりが死ぬ合理的な状況など想像はつくまい。戦闘も何も起きていないのである。

ならば連隊としては伏せたままにしておきたかろう。隷下中隊に配属してしまえば補充兵たちが連隊本部の人間と接する機会はまずなくなる。むしろそのために配属を急ぐとも考えられる。副官がわざわざ派遣されてきたのは事実を漏らさぬ方針だけは固まっているからだと判断すべきだった。

廏舎建設を続ける兵隊たちはその後も口と手を一緒に動かした。彼らの要領はここでもよく、依井が副官に呼ばれる頃にはほぼ完成をみていた。

・

立場のいかんにかかわらず将校は下士官兵の視線を意識する。副官の表情は外にあったときとは明らかに異なっていた。

個別に話を聞くのは念を入れているからでしかない。疑念を隠すつもりもさらさらなく、開いたままの手帳に目を落とすと尋問を思わせる口調になった。

「おおよそは近見崎、高津の両上等兵から聞きましたし、杉山准尉からは詳細も聞きました。つき合わせてみたところ幸いにして食い違うところはありません。口裏を合わせていない限りはですが」

高圧的では決してなかった。将校待遇に配慮してのことではなかろう。あくまで相手は民間人だと肝に銘じているのだった。

「まず確認させてください。扶綿さんも賀川少尉とは今回の編成が初対面ですか」

「初対面だよ」

「十五軍の通訳は多忙でしょう。あるいはどこかで会っているということはありませんか。ゆっくりで結構ですから軍属となってからのことを思い出してください」

不快には感じなかった。むしろ過去の接点を確認しない副官であったなら不安を覚えるところである。

「間違いなく初対面だよ。編成まで顔を見たことも名前を聞いたこともなかった」

「あなたは普段メイミョーで勤務していますね。メイミョーを出るような機会となれば今回のような要請を受けた場合くらいでしょう。ならばすれ違ったことのある可能性は高いと思いますよ。賀川少尉は連隊本部付の将校です。使いにはよく出されましたからメイミョーにも何度か足を運んでいます」

シャン州の道路は限られる。軍が主に使うものとなれば数える程度である。シャン高原北部の中心地といっていいメイミョーは常時様々な人間が行き交う。町に用はなくとも用をこなすために通過する者も多かった。

「もう一度確認します。賀川少尉とは今回の編成が初対面ですか」

不思議なもので理を詰めて問い直されると断言しづらいものがあった。メイミョーでの勤務は言うにおよばず、外出時に冷やかした露店や屋台の記憶までを依井はさらった。下級将校を見かけた覚えならばいくらでもあった。

「初対面だ。少なくともわたしはまったく覚えがない」

メモが録られた。状況だけを聞けば真っ先に疑わざるを得ないのはこの駐屯地にいた人間であり、わけても賀川少尉の死を知っている四人である。「不快な質問を続けますがご理解ください」との断りが今さらながらになされた。

「あなたはかつてこの辺りに来たことがありますか」

「ない」

「どこまでなら来たことがありますか」

「ラシオまでならば一度ある。やはり通訳のためだよ」

「いつの話ですか」

「ビルマ裁定のなった頃だった」

日付は思い出せないが去年の五月下旬であるのは確かだった。通訳を要請した部隊の名を依井はあげた。副官は万年筆をわずかに動かし、あらかじめ記してあった細目を押さえた。

「どういった通訳でしたか」

「土侯の使いが軍政上の調整を求めた。それで在ラシオ部隊の責任者を土侯の邸宅へ招きたいということだった。使いは英語も使えたが、なんといってもおろそかにできない相手だから在ラシオ部隊としてはシャン語でも正確を期しておきたかったらしい」

土侯は、兵隊の表現を借りるなら「王様」である。シャン州の各地で政治と経済を司り、イギリス支配下でも自治を認められていた存在である。荘園を持つ貴族と位置づければ分かりやすいだろうか。あるいは藩を抱える大名というべきだろうか。規模の大小はあれど、それぞれがひとつの独立国と考えても差し支えなかった。

当然のことながら日本軍も土侯政治は尊重する必要があり、ビルマ裁定前後は主に行政面での調整が欠かせなかった。そこに誤解があってはならず、会談であろうと交渉であろうと記録は必ず残されている。

「当該部隊に確認すれば分かることだよ。というより、もう裏は取ってあるのだろう」

自分の記憶力が試されているような気がしてその点ではいささか不快だった。

副官はまったく取り合わなかった。

「西の街道を使った経験はありませんか。軍属になる前も含めてです。あなたはビルマに六年いますよね」

「街道を使ったこともない。この地の住民とも初対面だよ」

気遣いが必要な相手はやりにくいとの表情が返ってきた。

「もう少しご辛抱ください。疾病経験はありますか。特にマラリアですが」

「六年の間、体調不良すら一度もない。マラリアにはビルマ入り当初から気をつけている。メイミョー勤務が始まるまではキニーネの予防内服もしていた」

悪疫の猖獗《しょうけつ》するような地には行ったことがない。予防内服をやめたのは高地では罹《り》患《かん》の危惧がほとんどないからである。無用な内服で抵抗力がついてしまえば逆に危険が増すだけである。知れきっていることも構わず依井は一息に説明した。

無礼ついでにもう少し踏み込ませてもらうと副官はさらに問うてきた。

「アヘンをやったことは？」

「ない」

「睡眠薬を使ったことは？」

「ない」

依井に関する確認は以上であるらしく万年筆が一度動かされた。質問はその後、賀川少尉が死んだおりのことにようやく移った。

「起こされてからのことをなるべく詳しく聞かせてください」

寝入りばなであったこと、厠の前で亡骸を見たこと、杉山准尉がとった処置などを覚えている限りで語った。支那兵が殺したのか、敵性住民が殺したのか、それとも兵隊が殺したのか。副官自身がどうみているのかひどく気になるところだった。

「就寝のために宿舎へ引っ込んだのは何時ですか」

「時刻は確認していない。不寝番の高津上等兵が舎前に現れて、賀川少尉が厠へ向かうのを見て、それから寝床についた」

正確な時刻は上等兵たちから聞いているはずで副官は食い下がらなかった。

「宿舎で兵たちはどうしていましたか」

「ひとり残らず横になっていた」

「寝床についてすぐに眠れましたか」

「いくらも経たぬうちに眠りに落ちた。寝苦しさはまったくなかった。普段から寝付きはいい。軍属となってからは兵隊を見習って眠れるときに眠るよう心がけている」

タバコが取りだされ、依井にも一本すすめられた。

「それで杉山准尉に揺り起こされたときのことですが」

マッチの火を消して副官は目を上げた。

「なぜ腕時計を見なかったのですか。枕元に置いてなかったのですか」

「そこまで気が回らなかった」

「では感覚で結構です。寝床についてからどれくらいの時間が経過していましたか」

「せいぜい二、三十分だと思う」

夢うつつに杉山准尉と誰かがしゃべる声を聞いた気がする。それからまた少し間があって起こされた旨を説明した。

「亡骸を発見した近見崎上等兵が杉山准尉に知らせていた声でしょうか」

「そう考えて間違いない」

煙缶に灰をひとつ落として副官はつぶやいた。

「四人」

賀川少尉の死を知る者の数は、厠へ立つ賀川少尉を見た者の数でもあった。当番を務めていた近見崎上等兵は将校宿舎から見送った。不寝番についていた高津上等兵は異状のないことを告げて見送った。そして依井と杉山准尉は舎前の長椅子から見送った。

「あなたは杉山准尉が寝床に向かうのを見ていませんね」

厠へ向かう者は必ず高津上等兵の目に触れる。四人であることを副官が重視しているのは高津上等兵が他に誰も見ていないからである。少なくともそう証言されているからである。

「どうですか。杉山准尉が寝床に向かうのをあなたは見ましたか」

「見てはいない」

依井の覚える心理的な抵抗に副官は釘を刺した。

「扶綿さん、今は感情をはさんではいけません。妙な隠し立ては絶対にしてはならない。わたしが質すからあなたは答えるのです。人を売るようなうしろめたさを覚える必要はありません」

副官自身、身内を疑ってかかるのは抵抗があろう。しかも相手は軍歴の長い准尉とよくできた上等兵である。素行にも問題はあるまい。尊敬する長兄を疑い、慕ってくれる末弟を疑うにも似たつらさを禁じ得ないはずだった。

依井が睡眠薬を盛られた可能性までを副官は考えていた。寝床につく前に何かを口にしたかと訊き、強い眠気がなかったかと訊くのだった。

いかなる想像をしてのことかは質す気になれなかった。考え得る限りのことを考える将校ゆえに連隊副官に指名されるのであって、つまりはこれもよくできた軍人なのだった。

「眠気が急に兆したわけではないよ。起こされたときも不自然な感覚はなかった」

「しかしあなたは時刻を確認したわけではない。二、三十分が実は一時間だった、あるいは二時間だったということも考えられるのではありませんか」

「月を見た」

「月？」

寝床につく前に漫然と月をながめた。梢のかかる夜空に月はこうこうと明るかった。起こされてから見上げた月もほぼ同じ位置にあった。

「意識して見たわけではないが、一時間も二時間も経過していれば位置に違和感のひとつも抱いていなければおかしい」

副官は無言で見返してきた。予期せぬ返答であったらしくしばらくメモが録られた。万年筆が止まるまでの静けさが気詰まりだった。不意を突くような質問が直後に飛んできた。

「誰が殺したのだと思いますか」

兵隊のしわざであった場合はどうなるのか。憲兵が動くような事態になれば戦死として処理できまい。かといって殺しを曖昧にはできまい。本来ならば陸軍刑法で裁かれる重罪である。あくまで内々に処理するつもりなら自決を迫るしかなかろう。

敵か敵性住民のしわざであることを誰よりも祈っているのは他ならぬ副官だった。

だからこそまずは身内に絞って洗わねばならず、質問は依井をのぞく三人の誰かであることを前提としていた。

「感情は抜きです。物理的に考えて誰が殺したのだと思いますか」

「物理的に考えるならばあなたのほうが正確を期せるだろう」

誰にも見咎《みとが》められずに殺せたのは高津上等兵だけである。高津上等兵の存在に構わなければ近見崎上等兵にも杉山准尉にも可能である。ただし彼らの証言に不自然なところのないことは副官の様子からはっきりとしている。それはつまり杉山准尉の軍刀もあらためたということだった。

「近見崎上等兵の説明はこうです。賀川少尉が厠へ立った。体調不良の様子などなく、十分が経過する頃さすがに気になった。そして死んでいるのを発見した」

近見崎上等兵は杉山准尉を起こし、亡骸を確認した杉山准尉は依井を起こした。不寝番に隠せることではなく高津上等兵にも見せた。

「あなたをのぞく三人が共謀したとみるのが考え方としては最も楽ですが」

その場合は依井に見せる意味が分からなくなる。どうしても殺さねばならない理由があって三人が共謀したのならば亡骸など放置しておけばいい。不寝番は交代を繰り返しつつ朝まで立つとしても、実行時間がより絞られる環境をみずから作るのは馬鹿げていた。

「副官さん、ひとつ訊いていいかな」

身構える様子もなく「どうぞ」との声が返ってきた。「あなたは共謀とお考えか」と問えば即座に首が振られた。

「わたしは個人のしわざと考えています。あなた方に接した上での印象でしかありませんが、とにかくこれは共謀ではない」

「ならば誰とお考えか」

「当たり前のことですが、誰にも悟られずに殺せたのは高津上等兵だけです」

特定の人物を密かに殺そうと考えれば廁に向かうのを待つしかない。そしてあとを追うしかない。就寝前の廁となれば誰でも小用とみなす。小用とみなしたからこそ近見崎上等兵も戻りの遅さが気になったのである。

「あなたと杉山准尉が宿舎へ引っ込んですぐに賀川少尉を追ったなら不可能ではありません」

証言を鵜呑みにできず、副官は時間的な制約にはひとまず目をつむっていた。「返り血の処理も含めて考えればやはり高津上等兵にしかできないでしょう」との言葉が重ねられた。

自身でも信じていないのは疑う余地がなかった。「不可能ではない」と「可能」は決して同義ではない。それぞれの証言の信憑度《しんぴょうど》はともかく結局は共謀と考えない限り想像は無理をともなう。高津上等兵が殺したのならば自分にしかできない状況をわざわざ選んだことになる。

兵隊のしわざではない。依井を聴取したことにより副官はおそらくその安堵を得ていた。

「あなたは凶器をダアと判断したそうですね」

十中八九、ダアである。あの深い傷は銃剣やナイフでは絶対にない。

「ダアを宿舎から持ち出して賀川少尉を追うわけにはいかない。藪《やぶ》にでも隠しておいたのだとすれば取り出さねばならない。しかも短時間で済ませねばならないし音を立てるわけにもいかない。もちろん軍刀ならばよりむずかしい」

賀川少尉がまったく人の気配に気づいていなかったのは間違いない。手水を使い、カンテラを手に廁を出た。その瞬間ダアが喉に食い込んだのである。

「一刀だった。何度も確認したから間違いない」

「連隊でわたしも見ました。あれは確かに一刀です。しかもまったく容赦のない一刀です」

たぶん杉山准尉は亡骸を見た時点で連隊の対応までを考えた。戦死として処理されることと連隊から将校が派遣されてくることを予期したがゆえに依井に事実をさらした。

凶器の特定はむろん重要だろう。通訳に隠していては住民を探れないという事情もあろう。しかし最も重要なのは証人を作っておくことだったと考えていい。民間人の証言があれば連隊も無用な手間を取られずに済む。兵隊にかけられる嫌疑の時間は最短で済む。

「誰のしわざであるにせよ待ち構えた上での凶行であるのは断言していいでしょう。賀川少尉が現れるのを厠のそばで辛抱強く待ち得た人間がやったのです。今日が駄目なら明日も待つという気構えで身を潜められた人間です」

・

そうした推測の裏付けとなりそうな報告が夕刻の迫る頃にもたらされた。捜索班が相応の成果を得て帰隊したのだった。

「遭遇はありませんでしたが敵の痕跡がありました」

副官のいたことに驚きつつも捜索班長は成り行きを理解した。地図を広げ「あの峰に監視哨がひとつ置かれていたのは間違いありません」と山の一点を指した。

副官はまずねぎらった。案内を務めたイシマツを紹介されると片言のシャン語でやはりねぎらいの言葉をかけた。謝礼とは別にタバコを手渡しもした。明日も頼むとの言葉を受けてイシマツは帰っていった。

「助役は彼だけか」

あとふたりいることと、オーマサとコマサというあだ名がつけられていることを杉山准尉が説明した。

「次郎長一家か。タロウだのジロウだのより便利だな」

次郎長たる村長には明日にも顔を見せに行かねばならなかった。副官に対する住民の反応も観察する必要があった。

駐屯地のことは一任すると杉山准尉に告げて副官は将校宿舎へ向かった。捜索行の詳細を聞くためである。捜索班長はいくぶん緊張して見えた。

炊爨を終えた駐屯地は交代での食事に入っていた。クリークがあれば風呂の用意も不要で兵隊たちもそれなりにくつろげた。

空に星がまたたき始めれば多くが寝床につく。カンテラを頼りに鉛筆を握り、あるいは裁縫をする。不寝番を常時二名とすることと林にも分哨がひとつ設けられたこと以外、駐屯地に表面的な変化はなかった。

3

副官としては山の捜索を速やかに終えたいところだろう。鶏がさかんに鳴く翌日の黎明《れいめい》、イシマツを迎えた捜索班を南の山へさっそく送り出した。

もとより駐屯地には一定数が常駐している必要があり、その指揮を引き続き杉山准尉が執ることになった。変則ではあろうが、副官の当番兵と馬兵が護衛を兼ねた直属とされた。住民の来訪も現実に見られ、日中の間に侵入する敵がないとも限らなかった。

ことを知る者はひとまとめにしておくのが無難で、近見崎上等兵と高津上等兵は副官自身が預かることになった。こちらも護衛を兼ねていた。

「では扶綿さん、同行願います」

太陽が顔を出すのを待って村へ向かった。駐屯地の林を離れれば視界が広がり、依井の目は否応なく南北の山へ向いた。それぞれ濃い緑に覆われて遠目にはなんの変哲もない。監視哨《かんししょう》の設置に適した地点ならばいくらでもあるだろう。

「監視哨というのは具体的にはどのようなものなのか差し支えなければ教えてくれないかね」

「視界の利く地点に掘っ建て小屋が建てられていたそうです。正確には建てられていた痕跡があったわけですが」

撤収されたばかりであったという。まず間違いなく捜索班が山に入るのを遠望して逃げたのである。小屋の痕跡の付近では枝もいくらか落とされていたという。捜索班は抜かりなく一帯も調べ、埋め戻された厠《かわや》も確認したとのことだった。

「支那兵の二、三名が配置されていたとみていいでしょう。双眼鏡を交代でのぞいていたのですよ」

警備隊が村に入ったのを視認した時点で監視の強化がはかられたはずである。増員や監視哨の増加に敵は動いていたかも知れないと副官は語った。恐れる風もないのは戦地では当たり前だからだろうか。ただでさえ軍隊は敵の目があることを前提に行動せねばならなかった。

便衣の斥候《せっこう》を放ち、監視拠点を設け、敵も必死である。正面からぶつかってはかなわないだけに必死である。可能ならば村にも協力住民を得たかろう。

訊きたいことは山ほどあるはずだったが近見崎上等兵と高津上等兵は護衛に徹していた。

「敵が駐屯地に忍び込むといった前例はあるのかね」

「支那では労務者や業者を装うこともありました。駐屯が長引くほどに将兵と顔が繋《つな》がりますからそうしたことも可能になるのです」

今回の件とはだいぶ異なる。根本的に異なると言うべきだろう。副官もその点は強調した。

「賀川少尉を殺したのが支那兵であったなら戦闘行為の延長ととらえるべきでしょう。状況や指揮を執る人間によって敵の判断と行動も変わる。そう念頭に置いておかねばなりません」

牛車道には住民が散見された。賀川少尉がマラリアで後送されたことは知らされており、値踏みじみた目が副官に向けられていた。

助役のオーマサが現れて挨拶した。村長に知らせるべく住民のひとりを走らせると副官の先導にかかった。

住民はやはり一定の距離を保っていた。初めて見る将校を純粋に珍しがり、軍刀を確かめた誰もがチジマスターのひとりだと認識していた。

「賀川チジマスターの病状はどうですか」

家の前で待っていた村長は自己紹介もそこそこに尋ねた。いい加減なことを答えては不信を買いかねず副官はいかにも返答を用意していた。

「病状は不明ですが連絡の兵を寄越すよう手配しています。連絡が来たらすぐに知らせます」

「分かっていることだけでも結構ですので村の者に直接説明してもらえると助かります。気安い存在ではありませんから遠慮していますが、村の者はみな賀川チジマスターを案じています」

自己紹介もぜひしてほしいという。全住民を自分の目で観察できるとなれば副官としても望むところだった。

「ではどこかに住民を集めてください」

村長の家から一軒はさんで協同作業場があった。牛を使った脱穀が行われ、さらには子供が遊び回る広場である。

病身の者は幸いにしておらず、腰の曲がった老人から母親に抱かれた乳児までが集まった。副官を見るどの目も人としての程度を推し量ろうとしていた。観察したがっているのはむしろ住民のほうだった。

演壇に適したものがなく、適当な数の住民にしゃがんでもらった。村長と助役が真正面に陣取ると住民たちは不恰好な半円を作った。

副官は上條《かみじょう》と名乗り、賀川少尉の代理としてやって来たことを告げた。声の通りはここでもよかった。任務を引き継ぐ旨が語られ、変わらぬ協力が求められた。

住民の関心事はあくまで賀川少尉の病状だった。みなが案じているというのは大げさだとしても気になるのは事実であるらしく「どこの病院に送られたのですか」と年寄りのひとりが訊きもした。親しい将兵を病院に見舞うビルマ人は存外に多かった。

百五十人からの住民といっても老幼婦女子を除外しての観察となればむずかしくはない。通訳を続けながら依井は男のひとりひとりの表情を確かめた。

目の合った青年が不意に挙手した。村では度胸を認められているひとりと察せられる顔つきの男だった。

「賀川チジマスターは本当にマラリアで入院したのですか」

本当だと副官は自然な口調で答えたが男はなぜか疑念の色を深めた。「それにしてはおかしい」と不服げな口調で言うのだった。

オーマサが即座にたしなめた。住民にしてみれば助役の言葉は村長の代弁も同然で男は決まり悪そうにうつむいた。

「いや、いい。構わんから思うところがあれば言ってみよ」

男はオーマサの顔を一度うかがった。副官が再度うながし、依井が通訳するのを待っておもむろに口を開いた。

「夜のうちにひどいマラリアを起こしたのだとしても賀川チジマスターならば我々に言付けくらい残しそうなものです」

そのとおりだとの様子で住民の少なからずがうなずいた。彼らはそれぞれ隣の者と小声をかわし、そのつど副官と依井を見やり、さらにはふたりの上等兵までを見た。

「日本人はマラリアに慣れていない。マラリアの淘汰から逃れた先人を持つ君たちとは異なる」

「軍人がそんなに弱いはずがありません」

「筋骨の話とはまったく別である。マラリアの発症と同時に口も利けなくなる例すらある。強い悪寒は痙攣《けいれん》のごとき震えをともなう。言付けを残せぬほど発症が急で強かったのだろう」

病状の重さを強調する形になったが他に偽りようもなかった。詳しい病状は連絡を待って必ず伝える旨を副官としては繰り返すしかなかった。

疑念の拭えない顔で男は黙り込んだ。声をひそめての私語がまたそこかしこで始まり、オーマサが再度たしなめた。

賀川少尉の災厄を予測していた者がいるのではなかろうか。殺害すら想像される悶着が過去にあったのではなかろうか。そうした想像をかきたてられるほど住民は不審げだった。日本軍の弁を、ましてや将校の弁を疑うビルマ人など依井は見たことがなかった。

村に無用な波を立てぬようオーマサはいかにも腐心していた。助役の中で最も位が高いのは確かで、つまるところ村の次席である。警備隊における杉山准尉がそうであるように実務面で人々をまとめる役目と言え「今は連絡を待つのだ」と叱責の口調になった。

間を計っていたかのように村長が問うた。

「任務が引き継がれるのでしたら村はこれまでどおりにしていればいいですか。カメラの件も変わりないということでいいですか」

「これまでどおりで良い」

とにもかくにも賀川少尉の病状については連絡を待つ。撮影や案内に関わる者以外は普段どおりでいい。その二点を村長は宣言の口調で住民に告げた。

そこはかとない後味の悪さを引きずることになった。住民は私語を交わしつつぞろぞろと引き揚げていった。農閑期は家の修繕や田畑の整備にあてられるとしても、そもそもが多忙とは無縁の暮らしである。やることのない者がぶらぶらとし、だらだらと無駄話をして過ごす。むしろそれが日常であって協同作業場を去らない者は少なくなかった。

「上條チジマスター、村をまだ回ってないでしょう」

ここでもオーマサは気配りを見せた。返事も聞かずに「案内します」と先導にかかった。

案内といっても小さな村のことである。一周するついでに精霊の祀られた祠や巨大な菩提樹を見せられただけだった。目的は副官との距離を縮めることにありオーマサは何かと話しかけた。

声の逐一を通訳しても副官はわずらわしげな顔をしなかった。問われるまま身の上を語り、しまいには内地の妻のことまでを語っていた。察するものがあったのか駐屯地が近づいたところで一度足を止めた。

「ところでオーマサ、君は日本茶を飲んだことがあるか。ないなら寄って行くといい。ひとつご馳走しよう」

案内のねぎらいをほのめかして通訳すればオーマサは救われたような表情になった。

副官の日本茶は個人的な宣撫用物資でもあるようだった。オーマサは「これはおいしい」と驚愕《きょうがく》し、ビルマ産の茶とは香りが段違いだとの感想を述べた。おかわりを注いだ当番兵がさがり、「何か話があるのだろう」と水を向けられるまで表情は緩んだままだった。

窓が開け放たれた将校宿舎は明るかった。あごをひとつ引いたオーマサはまったく予想だにせぬことを口にした。

「上條チジマスター。まことに申し上げにくいのですが、なるべく早く村から撤収してもらえませんか」

タバコをくわえつつ副官は泰然としていた。誤訳の危惧を抱いてかマッチを擦りながら依井の顔を確認した。

誤訳でも聞き違いでもなかった。「できるだけ早く撤収するのが警備隊のためです」とオーマサは真剣だった。

「それはなぜだ」

「あまり長引かないほうがいいように思います」

「だからなぜだ」

真剣というよりも深刻な表情だった。「支那兵がずっと監視しているに違いないからです」とオーマサは目を伏せた。

助役頭と呼ぶべき者が口にするのだからよほどのことである。ややもすると村と重慶軍の繋がりを疑われかねず、誤解を恐れるような言葉が続いた。

「行商人などに化けた支那兵が通るのは確かにそのとおりでしょう。ですが重慶軍がそれだけで満足するとは思えません」

「山の監視哨跡のことを聞いたのか」

ごく簡単にですがと深刻の度を強める顔が返ってきた。気持ちを整理するような間をオーマサは取った。

「ただ、そうしたものがなくとも重慶軍は簡単にヤムオイ村に近づけます。日本軍が入ったことはもう連絡されているでしょうから襲ってきます」

それは断言だった。

断言の根拠はあえて問わず、「不安はない」と副官はしりぞけた。

「重慶軍などものの数ではない。怒江を渡ってくるのは少人数の隊ばかりだ。事実、遊撃活動を超える行動はひとつとして確認されていない。日本軍が討伐に動けばすぐに退散する。戦意も度胸もないのだ」

「そんなことはありません。可能とみれば重慶軍は積極的な攻撃をいといません。少人数での行動だからこそ可能な範囲で日本軍に損害を与えようと工夫を凝らすのです。たとえば狙撃に出るかも知れません」

「君たちが信じるほど狙撃は簡単ではない。よほどの好条件に恵まれてもせいぜい数

しょう」

「山から下りてきて距離を詰めるかも知れません。夜間ならば見つかることもないで

百メートルのことだ」

「事例があるのだな」

確信のこもる目がオーマサに留められた。相応の圧力を籠《こ》めて副官は重ねた。

「その事例を君は見たのだな」

高地の微風に乗って煙が抜けた。窓外に兵隊の姿はなかった。将校に対する距離をわきまえ、宿舎が使用され始めれば誰言うともなく遠ざかるのだった。

警備隊に対するヤムオイ村の反応は、そうした兵隊の心がけに倣っているためだとも考えられた。賀川少尉を指して気安い存在ではないと村長自身が口にしたほどである。副官にも一定の距離は保っており、茶を呼ばれたおりのオーマサの反応はそのひとつの証拠だった。

「答えよ。君はそうした場面を見たことがあるのだろう」

「見たわけではありません。ですが、ここでのことですから」

オーマサの言う「ここ」とは村ではなく駐屯地のことだった。

「夜間に忍び込んできた支那兵が銃撃したことがあるのです」

「詳しく聞かせよ」

吸いさしが煙缶に放り込まれ、手帳が取りだされた。しっかりと通訳を頼むとの目を副官は寄越した。

•

それはまったく思いがけない話だった。去年の五月下旬、賀川少尉の指揮する歩兵小隊が警備駐屯に入って一か月ほどが経過した頃のことだという。

「支那兵の銃撃でわたしは目を覚ましました。もちろん自宅でのことです」

駐屯地から距離はあっても夜の銃声はそれなりの数の住民を目覚めさせた。オーマサが牛車道へ出たとき男の何名かがすでに集まっていた。銃声だったと全員が声をそろえ、村の西側に暮らす男が駐屯地の方向を指した。村を通って逃げる支那兵もかつては見ており、山から銃撃戦の音が届いたこともあった。支那兵がどこからか侵入してきたのだと誰もがすでに怯えていた。

そのうち村長が出てきた。銃声は一度きりで、耳を澄ませても戦闘の始まる兆しはなかった。様子を見てくるよう言われたオーマサは、男のひとりを連れて駐屯地へ向かった。

「分哨の兵隊さんに止められて駐屯地には入れなかったのですが銃撃を受けたことは

わたしにも分かりました」

月影に浮かぶ駐屯地では兵隊たちが動き回っていた。射撃は宿舎群の裏林からであったことがうかがい知れた。

そうこうするうちに賀川少尉が何人かの兵をともなって牛車道へ出てきた。少尉は逆に村を案じており、オーマサに気がつくと村長のもとへ向かった。

「闇にまぎれて支那兵が侵入したとのことでした」

何を狙ってのことか発砲がなされた。幸い被害はなく、兵の点呼と駐屯地一帯の捜索を終えた。支那兵はすでに山へ逃げたものと思われた。

「敵が侵入したからにはいつまた同じことが起きるか分からない。村に被害が出る恐れもある。したがって隊は警備に必要な兵力を残して討伐に出るとのことでした」

月光の下、賀川少尉は小隊を率いて東へ向かった。支那兵を村へと侵入させた遊撃隊が手の届くところまで進出していることは疑いようがなく、ならば怒江からは牛車道をたどって西進してきたに違いないからである。

夜明けまでに可能な限り東進しておけば敵を捕捉できると期待できた。期待にたがわず賀川少尉は敵の一団を捕捉した。

「陽が昇ろうかという頃になって賀川チジマスターは戻ってきました。二十名ほどの敵を敗走させたそうなのですが隊も損害を出していました」

おののく住民の視線の中、隊列は疲労困憊《こんぱい》していた。体のどこかしらに血を滲ませる兵隊が目立ち、急造担架の数に至っては四を数えた。のちに聞いた正確な損害は戦傷八、戦死三だった。

「村の者が覚えた恐怖は尋常ではありませんでした。駐屯地が銃撃されたことよりもそれは怖ろしかったのです」

日本軍が動けば重慶軍は確かに追い払われる。しかし日本軍の損害も避けられない。顔なじみの兵隊三名があっさりこの世から消えるなど前日まではまったく想像もしていないことだった。

「それきり支那兵がヤムオイ村に近づくことはありませんでした。重慶軍もきっと必要がなければ戦闘はしたくないのです。誰が好きこのんで殺し合いなどするでしょう」

支那兵の略奪を受けた村の話はいくつも聞きおよんでいる。街道へ作物を卸しに行けば、あるいは買い物に行けば、そうした話が必ず耳に入る。それゆえ住民はみな賀川少尉に感謝している。駐屯が終わってからも平穏が続いたのは重慶軍が懲りてくれたからだと誰もが信じている。日本軍を警戒しての監視がまた始まるとしても監視にとどまっているうちは危険もない。ヤムオイ村に侵入すれば討伐が行われると学習した重慶軍は手を出さない。

「村の分哨もきっと牽制に役立っています。山の監視哨なるものはその証拠と言えるでしょう。村に近づけないから遠くからうかがうしかないのです。村にとってはその状態の維持されることが最善とわたしは考えます」

戦闘に対する恐れは臆病を意味するのではない。いざ支那兵が忍び込めば自力で排除にかかりかねない気概がオーマサには感じられた。将校相手に早い撤収を求めるとなれば、むしろ勇気のある人間である。その判断の是非はともかく、日支両軍がヤムオイ村を緩衝地帯ととらえてくれるのがオーマサにとっては理想なのだった。

「両軍が接近すればきっかけひとつでまた死者が出ます。手柄を欲しがる支那兵もいるかも知れません。度胸を示したがる支那兵もいるかも知れません。駐屯地がまた銃撃されたら上條チジマスターはどうなさいますか。討伐に出るのではありませんか」

銃撃されながらじっとしていれば重慶軍に舐められる。日本軍がそのように考えるのはビルマ人にも分かる。にわか編成の警備隊であろうと今ヤムオイ村にある兵力はかつての賀川小隊と同等だった。

「いかがですか上條チジマスター。もし銃撃されたらあなたも討伐に出るのではありませんか。敵が近づいて来たなら捕捉の好機ととらえるのではありませんか。そもそも支那兵に侵入されながら何もせずにいたなどと上には報告できないのではありませんか」

もし厠で殺されたのが別の人物であったなら。そんな想像を依井は巡らせた。たとえば殺されたのが杉山准尉であったならどうなっていたか。オーマサの案ずる形になっていた可能性が極めて高い。敵を調子づかせてはならない。住民の手前もある。賀川少尉は敵の捕捉に最大限の努力を払ったろう。

「討伐に出てくれるのは村としては助かります。ここが重慶軍の支配するところとなって略奪でも受けるようになれば我々は百姓仕事もままならない。女子供は生きた心地すらしないでしょうし、その場合は村が離散しかねません。ですが」

戦にまつわる感情の板挟みがオーマサを早口にしていた。言いたいことの多さに言葉がもつれて一度仕切り直した。

「賀川チジマスターと再会したときはもちろん嬉しかったのですが、わたしはこの二晩ろくに眠れないままです。いつまた銃声が轟くかと気が気ではありません。上條チジマスター、この村を監視している支那兵が警備隊に東進の気配を見たら妨害行動を起こしかねません。山を見回ったあとは当然東方の捜索にも出るのでしょう」

「茶を一口飲みなさい」

副官は自身も湯飲みに手を伸ばした。「話はよく分かった」と応じ、オーマサが茶に口をつけるのを待った。

「オーマサ、君の気持ちはよく分かる。住民が平穏な暮らしを望むのはしごく当然のことだ。そこでひとつ訊きたいのだが」

副官は舌を湿らせる程度に茶をすすった。

「それは村長の代弁か」

うつむきながらオーマサは「いいえ」と答えた。

「ですが村長も同じ気持ちでいることは想像にかたくありません」

住民の様子や村長の言動が腑に落ちて、依井は戦というもののむずかしさを見た気がした。

マラリアを発症したとの話に疑念が抱かれるのも無理からぬことである。それでいながら警備隊によそよそしいのも当たり前である。連絡を待つという説明がひとまず受け容れられたのは銃声がなかったからでしかない。

・

山からおりてきた支那兵のしわざであるならば仇討ちとも考えられる。双眼鏡越しに賀川少尉を視認した支那兵の中に、かつての討伐で仲間を失った者が含まれていないとは言い切れなかった。

仇討ちでないとしたら単に指揮官を狙ったのであり、それは討伐なり捜索なりの妨害を目的としている。次席が指揮官代理となるのは知れきっていても、まさかその夜のうちに討伐へ出るようなまねはできない。事実、杉山准尉は事態を連隊へ伝えて指示を待った。

　率直な思いを依井は告げた。

「次に狙われるとしたら副官さんだ」

「その通りですが心配はいりません」

　駐屯地の警備強化を承知で再度の侵入がこころみられるわけがないと副官は一蹴した。

「それでも注意するに越したことはない」

「注意をおこたるつもりはありません」

　オーマサには警備強化を説明して帰ってもらった。たとえ支那兵が侵入をこころみても発砲の距離には近づけさせないと副官は断言もしてみせた。警備強化を不審がられずに済むという意味ではオーマサの専行は助かることだった。

「とりあえず捜索班の帰隊を待ちましょう」

　捜索班の帰隊よりも連隊からの連絡が早かった。遠くエンジン音が聞こえてきて副官は腰を上げた。

　土煙を立てる単車が牛車道を下ってくるところだった。分哨でいったん停止した操縦手はゴーグルを外した上で駐屯地へ乗り付けた。

きっちりとした敬礼を経て小包が取り出された。口頭での伝達事項はなかった。小包の重さに満足げにうなずいた副官は、代わりにやはり小包をひとつ手渡した。

「ご苦労だった。気をつけて帰れ」

普段はサイドカーとして使用されているらしく単車には船もつけられるようになっていた。「失礼します」と返した操縦手はまた土煙を立てて消えた。

なんの説明もなかった。小包を手に副官はひとりで将校宿舎へ消えた。書類のようであったが依井には内容の見当もつかなかった。

「記録の類でしょう」

食卓で杉山准尉がタバコを吸っていた。駐屯地に残る兵は分哨に立ち、あるいは炊《すい》爨《さん》のためクリークへ消えていた。

「なんの記録だろうね」

「戡定《かんてい》時の戦闘詳報とか、この辺りの巡回日誌とか、ヤムオイ村に関連のありそうな記録を集めさせていたのでしょう」

オーマサの語ったことは副官に聞かされており杉山准尉は真剣な顔をひとつ寄越した。

「扶綿さん、あなたも気をつけてください。支那兵の忍び寄ってきた過去があるということは、あなたが狙われる可能性もあるということです」

「ゼロではないだろうがね」

「隊の誰かが殺されれば我々の疑念は住民にも否応なく向く。敵にしてみれば一石二鳥です。我々と住民が疑心暗鬼に陥れば言うことはないでしょう。銃が使われなかったのはそのためとも解釈できます。とすれば間を取り持つ通訳は敵からすれば目の上のたんこぶです」

　遊撃戦は正攻法を取れない場合の一手段であると同時に経済的な戦い方である。重慶軍がそうした効果を狙うのは当然のことと言うべきだった。

「それにしても妙だとは思わないかね。なぜ賀川少尉は銃撃されたことを黙っていたのだろう」

「わたしも将校の端くれですから気持ちは分かります。性分も把握しきれていない部下に自分の不手際をさらす気にはなれなかったのでしょう」

「だとしても准尉さんにだけは話しておくべきだと思うがね」

　にわか編成の弱点を嚙みしめるような表情とともに目がそらされた。どう応じようと賀川少尉をおとしめることになるとの思いが見て取れた。この准尉のことである。不寝番なり分哨なりを裏林にも置くよう一度は助言もしたとみていい。不寝番割りに際しては賀川少尉の認可も取っている。

「准尉さん、あんた村の人間のしわざと断じてるんだね」

　初動対処から推してもそれは間違いなかった。一呼吸の間を取って杉山准尉は村の方向へ視線を流した。

「隊長殿の性分を把握している者のしわざであるような気がしてならないだけです」

　指揮官とは、大げさに言えば生殺与奪の権限を持つ存在である。下の者は人格を探りたがる。命を預けるに足る人間か判定したがる。杉山准尉もそうした努力はしていただろう。判定の暇もなく殺されたことで兵隊に向けられる疑念がわずかで済んだのは皮肉という他なかった。

「隊長殿が隊にかかる負担を懸念するお人であったのは確かです。行軍後の分哨勤務も不寝番も兵にとっては拷問です。人員を抑えたがるのは自然なことです」

　行軍では依井のことも気にかけていた。遅れを避けるためであったとしても小休止を増やすなどしたのは事実である。

「そうした将校は外聞を意識しすぎる嫌いがあります。民間人の前では特にそうです。住民に対する警戒心を見せれば器が疑われると必ず危ぶみます。住民を疑うということは、かつての駐屯に問題があったと示すようなものでもありますから」

　そうした点での助言もおいおいなされるはずだったのだろう。外聞を気にしすぎれば軽蔑される。まったく気にしなければやはり軽蔑される。その均衡は客観視を抜きにしては取れない。にわか編成の警備隊において杉山准尉は確かに要だった。

「オーマサの弁はさておき戦死者を出した討伐となれば詳報が必ずあります。そのあたりに村の民情がらみのことが残っているのを期待するよりありません」

次に副官が出てきたのは捜索班の帰隊時だった。

監視哨の跡をまたひとつ発見したという簡単な報告を受けると例によってねぎらいの言葉がかけられた。案内のイシマツに対してはやはりタバコが手渡された。

イシマツはイシマツで山芋を二本差し出した。中休みで掘ったのだという。山芋は精がつくから一本は賀川少尉に食べさせてほしいとの言葉が添えられた。村へ戻るその後ろ姿には疲れも見えなかった。

北の山にも南の山にも監視哨があったからには支那兵は道のおよぶ限り動いていると考えねばなるまい。道の中には他の牛車道へ繋がっているものもあるはずで、その掌握とともに敵の動向の具体例でもつかみたいところだった。

副官と捜索班長が将校宿舎に消えるのを見届けてから杉山准尉はクリークへ足を向けた。

「とにかく扶綿さんも気をつけてください。わたしはどうも嫌な胸騒ぎがしてならない」

「勘働きというやつかね」

戦地での時間が長い者ほど危険に対する嗅覚が鋭敏化すると言われる。見るからに杉山准尉は言語化できない何かを感じ取っていた。

「これはきっと根が深いのです」

「根が深い？」

「副官殿がこの地の記録を持ってこさせるよう手配していたのは亡骸《なきがら》を見た時点で根が深いと確信したからでしかありません」

空は相変わらず晴れ、空気はどこまでも澄み、西日を浴びる山の斜面がまぶしかった。ここまで視界が良好ならば山からの監視は楽だろうし、双眼鏡などなくとも人の動きくらいは見て取れるだろう。依井は落ち着かないものを感じた。

「はっきり言います。この村には敵がいるとわたしは思います。山の監視哨はいわば目くらましです。村への潜伏が不可能というなら敵性住民と考えてもらって結構です。隊長殿を殺したのはそいつです」

ビルマ戦が始まってから一年、戡定がなってから八か月、ヤムオイ村から日本軍が去って七か月が経過している。その旨を前置きしてから杉山准尉は言った。

「実質半年ほどの時間であったとしても村に入り込んだ支那兵が住民になりきるには充分でしょう」

違和感のないシャン語を使いこなせるようになるまでどれくらいかかるかとの質問

が続いた。個人の能力や努力、さらには環境で大きく左右されることだった。

「たとえば物覚えがよく勤勉な支那兵が村に暮らしたとしたらどうですか。暮らしながら発音のまずいところを逐一指摘してもらえるとしたらどれくらいかかりますか」

「支那語などまったく心得がないからなんとも言えない」

「扶綿さんはシャン語を覚えるのにどれくらいかかりましたか」

「一年くらいだよ。といってもビルマ語の習得をはさんでのことだが」

ビルマ語と日本語は文法が同じと言ってよく、通訳なしで日常生活できるようになるまで三か月とかからなかった。半年も過ぎる頃には原綿の買い付けや繰綿の現場でも支障は出なくなっていた。ビルマ語からの借用の多いシャン語もおかげで自然と覚えられた。

「いずれにしても不可能ではないわけです。住民の中に支那兵が交じっていたとしても分からない場合があるわけです」

他人にも親切な国である。無銭旅行すら可能である。シャン族もビルマ族もその点ではまったく変わらず、求められれば食も宿も提供する。

この半年ほどのこととは限らない。たとえば戡定時、敗走中の支那兵に乞われれば匿《かくま》うこともあるのではないか。杉山准尉はそうした想像までしているのだった。

「だが准尉さん、兵隊となれば話は別だろう。なぜヤムオイ村が支那兵を受け容れるのかね。あまりに危険だし、それが村長の判断なら住民に対して無責任すぎる」

自身でも釈然としないものはあるらしく杉山准尉は珍しく歯切れが悪かった。

「脅されたと考えるべきなのでしょうが、事実がどうあれ村長が受け容れを決めれば住民はしたがうでしょう。ならば潜伏は不可能ではありません」

では村長はどのような脅しをかけられたら重慶軍に協力するのか。

「まず考えられるのは家族を人質に取られた場合です。村長には子供がいませんよね」

賀川少尉が村長宅へおもむいたとき女房が出てきた。そして子供はあきらめたなどと言った。村長は養子の検討などを語っていた。村長夫婦に子供のいないことを賀川少尉が少なからず気にかけていた証拠である。

世襲制の土地である。子供の有無は村長夫婦の今後はもとより村の今後にも関わる重大事だろう。

「もし戡定作戦の時点で村長の子供がさらわれていたら、これはやはり根深いとしか言いようがありません。隊長殿はそれを知らずに親交を深めたことになります。敵は村長を通して情報を取っていたわけです」

村長と住民の態度に差があるのはそのせいではないかとの推測が続いた。自問の口調だった。腕を組んだ准尉は茜のさす空を見つめた。

可能か不可能かの話であり、仮定を前提にした想像である。しかもその土台は勘働きとでもいうべきものだった。結局のところ気をつけるに越したことはないとしか今は言いようがなかった。

「扶綿さん、くどいようですが二名以上での行動に徹してください。深夜であっても手近な兵を必ず起こしてください。わたしを起こしても構いません。いいですね、絶対に遠慮してはいけませんよ」

「誰が遠慮などするものか。わたしが今さら遠慮するような人間に見えるかね」

第十五軍が依井を将校待遇としたのは社名や年齢を重んじてのことではない。いくら行動をともにしていようと民間人は引け目を拭えないからである。命を賭ける兵隊が周りにいればそれは絶対に避けられないことだった。

尊大に努めた口調がよかったのか杉山准尉は納得した。気のせいでなければ今夜にもまた誰かが襲われると予感しているように見えた。強化された警備態勢に自信を見せていた副官とはいかにも対照的だった。

その夜の駐屯地で誰かが襲われるようなことはなかった。

厠へ向かう兵隊は二名一組となり、舎前に立つ不寝番もむろん二名一組だった。仮にそうした態勢がとられていなくても再度の侵入がこころみられるはずがなく、結果だけを取れば副官の見立てが正しかったことになる。

しかし杉山准尉の予感が外れたわけではなかった。それどころか的中したと言える。村長が殺されたのである。

4

夜の浅いうちに揺り起こされた。杉山准尉は依井の襦袢《じゅばん》を乱暴につかんだ。

「早く外へ」

嫌な予感が当たったことに自身が驚いているように見えた。何が起きたのかと問えば「とにかく外へ」とうながすのだった。

すべての宿舎で兵隊が叩き起こされ、背嚢《はいのう》を除く完全軍装での整列を下士官たちが告げていた。カンテラが忙しなく揺れる舎前には村の男が何名かおり、うろたえる彼らを副官が制していた。

「扶綿さん、正確に訳してください。どうも村長に何かあったらしい」

顔を強ばらせたコマサがすがりついてきた。動転のあまり言葉がつっかえ、加えてろれつが怪しかった。

「村長が大変なのです。通訳のマスター、早く来てください。兵隊さんを連れて早く来てください。早くお願いします」

将校が隊を率いて向かわねばならない以上、起きたことのおおよそは把握しておく必要があった。病気でも発症したのか、事故でも起きたのかと問えば、コマサは声を上擦らせた。

「……死んでいるのです」

具体的な場所を副官がすぐに質《ただ》した。よほど惨い死に様なのかコマサはいっそう声を震わせて「自宅の廁です」と答えた。

賀川少尉の死を知る者は一様に顔を見合わせた。ときを同じくして兵隊の整列点呼が終わった。

「杉山准尉、分哨《ぶんしょう》を可能なかぎり増加して村を囲め。村長のところにはわたしが行く。一個班と扶綿さんをもらうぞ」

縦隊での駆け足になった。夜気は冷たく、空にはわずかに欠けた月がかかっていた。

賀川少尉が殺された時刻とそう変わるまい。先導するコマサのうろたえぶりを見ながら依井は事実の認識にのみ努めるべく意識した。

村長の家の前には男たちが集まり、泣き崩れる女房が婦人の何名かに支えられていた。

コマサは家の裏へと回り、おぼつかない足取りで豚の飼育場へ出た。

厠は飼育場に接して建てられていた。排泄物を餌とするための高床である。その階段の下に村長は横たわっていた。

「……喉が」

かすれた声をひとつ発してコマサは口をつぐんだ。近くの大木へ走り寄ると嘔吐を始めた。

現場を守っていたのはオーマサだった。副官のかざすカンテラに彼は血の気の失せた顔を浮かべた。その語るところは賀川少尉が殺されたときの状況と酷似していた。

「床につく前に厠に立ったのだそうです。ところが戻ってこなかったそうで」

不審に思いつつ厠へ向かった女房は倒れている村長を発見して悲鳴を上げた。悲鳴を聞いた隣家の男が駆けつけ、やがてオーマサに連絡されたとのことだった。

家越しに届く住民の声がふくらんでいた。

副官はコマサへカンテラを向けた。

「カメラは君が持っているのだったな。持って来い」

未使用のフィルムも一本つけて持ってくるよう通訳するとコマサはよろめきながら駆けて行った。

誰も家の敷地に入れぬよう命じることで副官は兵隊をも遠ざけた。オーマサとオーマサに連絡した男のみがその場に残された。

「どうですか扶綿さん、賀川少尉のときと同じですか」

「同じだ」

死に様を予期した上で心構えはしていても、首を割かれた村長の姿は正視に堪えなかった。頭を豚の飼育場に向け、口をぽっかりと開け、仰向いていた。その喉と動脈は一刀で断たれていた。首を刎《は》ねるつもりでいたとしか思えないほどに傷が深かった。

「違いがあるとすれば厠くらいだ」

竹階段のかかる高床と、村長の亡骸との位置関係を確かめながら依井は思った。

身の隠しようがない。

不意はつけない。

村長は相手を見ている。

それは極めて重要なことだった。襲いかかったのは顔見知りである。自宅の厠で夜に出会っても警戒心を抱かないほど親しい相手である。腰にダアが吊されていても身の危険を覚えない相手である。

カメラを手にコマサが戻ってきた。

依井たちのかざすカンテラを頼りに副官は亡骸の写真を撮り、地面に飛び散った血を撮った。さらには足跡の無数に刻まれた地面が広く撮られた。充分な照明がないからには日の出後にも撮っておかねばならず、カメラはそのまま副官が預かることになった。

「オーマサ、男を集められるか」

「もうほとんど集まっているはずです」

兵隊の努力にかかわらず、ざわめきはふくらんでいた。村長の亡骸にアンペラをかけさせ、現場を封鎖する兵隊を配し、副官は表へ移動した。

明るい月の下には女子供もある程度の数が集まっていた。理由付けがかなわない住民を留め置くわけにはいかず、泣き崩れる女房を支える婦人をのぞいた老幼婦女子を帰宅させた。残ったのは三十名近い青壮年男子である。

「承知はしているだろうが村長が死んだ。殺されたのだ。支那兵が侵入したと思われる。兵隊はすでに村の要所で警戒に当たっている。だが数が足りない。君たちにも手を貸してもらう」

青壮年男子で姿の見えない者はないか確認された。オーマサが全体を見渡し、男たちもそれぞれ顔を見合わせ、みんないると口々に言った。この中の誰かがやったのだと無意識のうちに断じ、依井の思考はおのずと特定に向いた。

返り血を浴びていないはずがない。ならば殺されてから女房が気づくまでの時間がまず重要である。その旨だけは確かめておきたいと副官に告げてから泣き続ける女房に歩みよった。

残念ながら女房は口の利ける状態ではなかった。婦人に囲まれたままひたすら泣き、震えていた。声をかけてもまともな返事がなく、涙に汚れた顔を依井に向けたとたん悲鳴を上げた。

「扶綿さん、無駄です」

明らかに女房は日本軍を疑っていた。婦人たちも依井に対して怯えを隠さずにいた。杉山准尉が口にしていたことが改めて意識され、駐屯が危うくなる予感を抱かぬわけにはいかなかった。

よくよく考えれば女房に時間を質しても意味がなかった。住民ならば返り血の処理など簡単である。家には必ず水瓶がある。

「討伐に出ないのですか」

村長の死をオーマサに知らせた男がそんな声を上げた。賀川少尉と比較してか男は副官を無遠慮に見つめていた。

「以前に支那兵が侵入したとき賀川チジマスターはすぐに討伐へ出ました。あなたは出ないのですか」

「村長を殺した支那兵はもう山に逃げ込んでいる」

「逃げるならば東しかありません。牛車道から先回りしておくべきではありませんか」

「支那兵が東へ逃げるとも牛車道を使うとも限らない」

「牛車道を使わせないためにも先回りしておくべきではありませんか」

男の弁は一応の理にかなっていたが相当な危険を覚悟せねばならなかった。今さらながらに賀川少尉が向こう見ずな将校に思えてきて依井はそのときひとつの想像をうながされた。

去年の銃撃もこうなると考え直さねばなるまい。銃撃したのが支那兵でなかったとしたらどうか。銃の類を重慶軍から渡されている住民がやったのだとしたらどうか。討伐に出た結果賀川小隊が三名の戦死者を出した事実を前提にするならそれは避けて通れない想像だった。

指揮官を射殺できればよし。

射殺し損ねても討伐を待ち伏せればよし。

敵が待ち伏せをかけた可能性は誰にも否定できない。カンテラを頼りに急行軍する日本軍はいい的である。

　ぶつかった敵の兵力にしても正確なところは分からない。二十名ほどを敗走させたというのはオーマサが聞いた話でしかない。夜の牛車道で待ち伏せを受ければ一瞬で損害を受けて退くしかなかったのではなかろうか。

「支那兵が村へ侵入したからには支那兵を送り出した部隊が近くまで来ています。それが分かっていてあなたは討伐に出ないのですか。襲われたのが村の人間ならば討伐に出る必要はないのですか」

　言葉のことごとくがいわばあてこすりだった。男はあからさまに日本軍を疑い、追従する住民の現れることを期待していた。人の集団の常として、村長の死が伝わった瞬間から村はおそらく変化を始めていた。

　男がさらに何かを言いかけたときオーマサが「黙れ」と一喝した。やにわに振り返ったオーマサの顔は怒りに占められていた。

「いいか、戦というものは単純ではないのだ。鉄砲を撃ち合って勝っただの負けただのと言えることではないのだ。ここに暮らす我々にもそれはよく分かることではないか。子供のような勝手な望みをしてはならない。そんな資格など我々にはそもそもない。チジマスターに甘え、日本軍に甘え、あげく守られるのが当たり前だと勘違いしている者があるなら今すぐ家へ帰れ」

語気の強さにくだんの男は気圧《けお》された。百姓の激怒はそれ自体が滅多にないことで、ましてや相応に年齢を重ねたオーマサだった。声を荒らげる姿など想像もつかずにいたのは依井も同じだった。

「支那兵の略奪が怖ろしい。女房や娘が強姦されるのが怖ろしい。ならばまず我々が立たねばならないのだ。ここにいる男がまず立たねばならないのだ。この期におよんでその気概のない者は邪魔だ。すぐに家へ帰れ。女子供と一緒に隠れていろ」

副官を追いつめかねなかった男はうつむいた。青壮年男子の誰ひとりとしてオーマサとは目を合わせられなかった。

村も一律ではない。討伐に出ろと言う男と、戦闘を誰よりも恐れているだろうオーマサは、言動だけを取れば正反対だった。統率というものの脆《もろ》さをそれは示していた。人の統率に最も適した形は軍隊である。住民を直接まとめる助役を下士官とみなすのがここでは最善だった。やりとりのおおよそを訳した依井にひとつうなずくと副官は助役三名を呼び寄せた。

ほぼ同時に杉山准尉から伝令が来た。増加分哨の位置を知らせる内容だった。四箇所が増設されて合計六箇所が村を囲ったという。

「夜明けまで警備を続ける」

図嚢《ずのう》から村の地図が出された。依井がカンテラをかざすと助役たちは頭を寄せた。

「各分哨に男を割り振れ。その後は兵隊の指示を受けさせよ。君たちはそれぞれ一名を手元に置け」

全員にダアを持たせるよう付け加えられた。小さな村であってもいざ人の出入りを封じようとすれば穴だらけで村内の巡回も手早く調整された。

オーマサの剣幕が警備隊を助け、ひいては村を助けたのは確かである。その後の男たちは不平の声のひとつとしてこぼさなかった。

＊

兵隊は誰しも心のどこかで死を覚悟しているものでしょう。仕事は異なれど、あなたも気持ちの上ではまったく同じでしょう。なぜ軍属となって通訳に奔走するのか。そんな苦労をなぜ厭《いと》わないのか。

もちろん個人的な事情や感情もあるでしょう。ビルマ暮らしが長ければイギリスの支配にも反感を抱いていたでしょう。日本人のタイへの脱出話ならわたしも聞いたことがありますし、捕まった者はインドの収容所に送られたとも聞いたことがあります。

そうした苦労もイギリスの官憲のせいだと思えば反感をより強めもしたでしょう。ビルマ攻略にかかった兵隊たちが汗を流し、さらには血を流すのを見ていれば、若い者にばかり苦労させるわけにはいかないとの思いも働いたでしょう。あなたはきっとそういう人です。自分が落命する事態になっても悔やむつもりはないでしょう。たとえ無意識のことであるとしてもあなたは兵隊と同じ心でいるのです。

ならば、あなたもあの副官に観察の目を向けていたはずです。副官はあなたにとっては指揮官に等しい。少なくともわたしがあなたの立場であったなら必ず観察の視線を注ぎます。信を置いていい相手かどうか見極めようとします。

あなたは副官の言動にひっかかるものを感じませんでしたか。

＊

根が深い。

具体的な根拠はあやふやであっても賀川少尉の死を知る者はその実感を強めねばならなかった。

「日中、戦闘詳報をはじめとした記録の写しに目を通したんですがね」

依井と杉山准尉を将校宿舎に招いた上で副官はそう切り出した。村と駐屯地の警戒態勢は軌道に乗ったばかりで夜は長く残されていた。「承知している事実もあろうかと思いますが順を追って並べておきます」との前置きがなされた。

「友軍がラシオを目指して北上していた頃、賀川少尉の指揮する歩兵小隊にこの村までの進出が命じられています。主力の側背防御が任務でした」

ラシオへ向から日本軍の後方を脅かすなら重慶軍は山道を使うしかない。そのため友軍は山道のことごとくに必要な兵力を置きながら街道を驀進《ばくしん》したという。去年の四月下旬のことである。

「当時、重慶軍は撤退を続けていましたが反撃をこころみないわけではなかった。したがって賀川少尉も慎重にこの村まで進出したようです。本隊を見失った支那兵も逃げ込んでいると考えねばなりませんでした」

幸いにして支那兵とはぶつからなかった。ヤムオイ村に入った賀川少尉は村長に対面したあと村の中を捜索した。案内人をつけてもらって南北の山も捜索した。

村長の語るところでは数十人の支那兵が三々五々東方へ逃げたようだった。小隊の任務が側背防御であるからには追撃の必要はない。山の捜索に出た分隊が敗残支那兵と若干の撃ち合いを演じた他は戦闘もなかった。

「山の支那兵は取り逃がしたようですが捜索によって周辺の敵が一掃されてヤムオイ村は一応の安定をみたわけです」

戦において現地住民が最も恐れるのは前線の通過である。戦闘らしい戦闘もないまま日本軍が進出を終えれば安堵はさぞ大きかったろう。

損害もなくヤムオイ村を押さえた。その旨を中隊に報告した伝令は後命を持って帰隊した。ヤムオイ村を確保したまま警備駐屯に入れとの内容だった。期間は明示されていなかった。戡定《かんてい》作戦の進捗度によるからである。

一個小隊を収容できる宿舎を村の西外れに建てて賀川小隊の駐屯が始まった。駐屯といっても漫然と暮らしていればいいわけではない。村長との関係を深め、信頼を得ねばならない。

「賀川少尉はそのとき何かしらの粗相でもしたのではないか。村との間に悶着でも生じたのではないか。あなた方もそうでしょうが、わたしもそのような想像をしました」

副官は私怨という言葉を使った。

「もし私怨の結果で殺されたのであれば村長がまったく知らずにいたとは考えにくい。七か月を経ても薄れることのない殺意です。生半可な私怨では絶対にない。それだけ大きなことがかつてこの村で起きていなければ理にかないません」

杉山准尉が口にしていた敵性住民に関する推測でも村長は無関係ではなかった。村という集合体での話であるからにはどうしても切り離せないのだった。

その村長が殺された。しかも手口は賀川少尉のときと変わらず、極めて近しい人間のしわざとしか考えられない。

兵隊のしわざでないと位置づけたときと同様、副官の考え方は可能性の排除にあった。

「住民になりすましている支那兵が存在すると仮定します。その場合、支那兵はいつヤムオイ村に潜伏したのか。去年の六月下旬をもって賀川小隊は村を撤収していますから、素直に考えれば七月以降ということになります。そうでないならば我が軍の戡定時すでに潜伏していたことになります」

まずは後者から吟味しますとの言葉が続き、副官の目は手帳に落ちた。

「戡定作戦時に潜伏していたとするなら、それは支那兵が逃げてきたからでしかありません。問題はなぜ村が匿《かくま》ったのかということです。より正確に言うならなぜ村長は匿う決心をしたのか」

勝勢の日本軍を欺いてまで匿うなど親しくなければできることではない。その点のみを取ってもまずあり得ないことである。

重慶軍は日英の開戦でビルマに入った。日本軍の進攻に備えてのことであって、こんな山間に駐屯する理由もなければ通る理由すら本来ならばない。とすればやはり敗残兵に人質を取られたと想像するよりなかった。

　ところが、これすらも実は考えにくい。無統制な敗残兵が人質を取ったとしてその後をどう凌いだのか。入村直後の賀川小隊が行った村内捜索をどう凌いだのか。人質が村外へ連れ出されていたとするなら村とはどう連絡を取ったのか。無統制な敗残兵にそうした際どい統率が可能だったのか。

「賀川小隊が駐屯に入って間もなくシャン人の通訳が派遣されています。通訳はすべての住民に接しています。警備駐屯を命じたからには連隊も念を入れたわけです」

　つまりはこういうことである。戡定作戦時に敗残支那兵が匿われていたとするなら、その時点で流暢《りゅうちょう》なシャン語を操っていなければおかしい。シャン語も操れない支那兵が二か月ものあいだ日本軍の目をくらますには人質も当人も村外にあらねばならず、これでは匿う匿われる以前の話になる。総じてすべての面であり得ないと断言していい。

　副官はさらに見逃せない事実を挙げて可能性を排除した。

「なんといっても九か月も前の話です。違和感のないシャン語を使える人材など重慶軍にもいたはずがありません。仮にいたとすればそれは極めて貴重な人材であって、ブヅキにでもして決して手放しはしないでしょう。密偵として使うにしてもこんな山間に残すのは馬鹿げています」

　大きな町が日本軍の中枢となるのは知れきっている。違和感のないシャン語を操れる者はラシオなりメイミョーなりに残され、もしくは送り込まれる。

「ということはこの七か月の間に潜伏した支那兵がいると考えねばなりませんが、そうすると村が受け容れた理由がますます分からなくなります。賀川少尉と親交を深め、日本軍の優勢とビルマ戡定を理解している村が、なぜ重慶軍に協力するのか」

　人質を取られたのならば今なお取られていることになる。その上で警備隊を欺いていることになる。これは村長が箝口令《かんこう》を敷いていることを意味し、村長が殺されてなお住民が守っていることを意味する。

　箝口令がどこまで機能するか。機能させようとすれば軍隊並みの統率が必要になるのではないか。

　そうした疑問はしかし、ここでは無視していい。重要なのは大きな矛盾が生じることである。

　そこまで言いなりになる村長を殺す理由など支那兵にあるわけがない。賀川少尉の件にしても同じ理屈が当てはまる。まんまと騙されている日本の将校は敵にとっては有益な存在であり、むしろ殺されたくはない存在である。

「物証などありませんが、わたしは総合的に見て敵の潜伏やなりすまし自体がないと考えます。つまり山から支那兵が侵入したか、私怨の結果としか考えられません」

真っ当な理屈であり依井が得た納得は深かった。一方で杉山准尉の見立てと反しているることも理解はしていた。

理詰め。

勘働き。

どちらが正しいのか判断はつかない。村長の死に関して言うならふたりの見立ては相反していながら当たっていたとも言え、どうにも不思議な感じがしてならなかった。

杉山准尉は無言のままでいた。取るべき方針を示すのは副官の仕事である以上、意見をはさむつもりなどないのである。表情はまるで動かず納得のほどは読みとれなかった。

「支那兵の侵入については警備任務の延長で対処します。牽制と村の民心安定のためにも山の捜索は恒常的に続けます。この夜が明けたなら分哨の配置と兵の配分も改めます。さしあたって我々が探らねばならないのは私怨のほうです」

こればかりは記録をさらったところで出ては来まい。「二か月間の駐屯は兵隊にとっては退屈だったようです」と副官はタバコをくわえた。

「おおざっぱに言えば捜索と巡回が繰り返されただけです。警備駐屯はたいがいそんなものですが戡定作戦時のヤムオイ村も例に漏れなかったわけです」

「唯一の例外が駐屯地に対する銃撃とその後の討伐ですか」

副官に断ってから杉山准尉もタバコをくわえた。賀川少尉に対する私怨が村にあったとするなら討伐行以外に理由を求めようがなかった。あるいは村から案内人が立てられていたのだろうかと依井は思った。

副官はまた手帳に目を落とした。職務柄メモが習慣化していることもあろうが、たとえ写しといえども部外者に記録を見せるわけにはいかないのだった。

「戦闘詳報によれば討伐が行われたのは五月二十日です。時期的にも内容的にもオーマサの語っていたところと合致します。ですがオーマサのあずかり知らぬ記述もありました」

敵情である。

駐屯地に対する銃撃が賀川少尉に討伐を決断させたのは事実でも、それはきっかけでしかないという。駐屯開始以来の一か月の捜索で重慶軍に再西進の動きがあることを賀川少尉は察知していた。敗走のあげく督戦を受けたのか、反撃のための兵力が怒江を越えたのかは不明ながら、支那兵の軍靴の跡が東方に散見されるようになっていたのである。

「それなりの数の支那兵が牛車道から山へ分け入っている。その目的のひとつはヤムオイ村を探ることにある。賀川少尉はそう判断した上で警備の強化に入ろうとしていた。その矢先に銃撃を受けたもののようです」

その他はおおむねオーマサの語っていたとおりであるらしかった。討伐で敵を敗走させることに成功したものの賀川小隊は三名の戦死者を出した。

依井の表情を読んでか杉山准尉は質問を代弁した。

「討伐に際して村から案内人がつけられていたのではありませんか」

「記録にはありません」

改竄《かいざん》されているわけではなかろうと副官は手帳の頁をめくった。

「駐屯から一か月も過ぎていれば案内人も不要だったはずです。案内人を死なせでもすれば村から恨まれることは分かり切っていますし、それを最も恐れたのは賀川少尉本人でしょう」

そうとなれば戦死した三名と特に親しかった住民にしか私怨は見いだせない。親しい住民には女も含まれるだろう。あのオーマサでも見知った兵隊の死はこたえた様子でいた。特別な情を通わせていた人間ならば賀川少尉の判断と指揮を恨みたくもなる。

とはいえ、これを探るのは至難だった。相当な信頼関係を構築せねば踏み込みようがなく、それは一か月や二か月で済む話ではなかろう。しかも探るに際して賀川少尉の死を伏せねばならない。

「村長までが殺されたわけですから私怨だとすれば単純ではありませんし、実行面から見ても女の線は薄いと思います。ヤムオイ村のあり方に関する遺恨や不満とみるのが妥当ではないでしょうか」

村に存在するふたつの集団の長を殺す。

そんな必要にかられる人間が果たして存在するか。いかなる遺恨があり、いかなる不満があれば、そうした行為に出るのか。

「さっきわたしに食ってかかった男がいましたね。それからマラリアの説明を疑う男もいました。単なる住民であっても日本軍に不審や不満の類を抱える例は確かにあるわけです」

だからといって当人たちを尋問するわけにはいかない。詰問すらできない。交わせる会話はあくまで日常的なものに限られ、気配を探ることしかできない。当然のことながらこれは依井の仕事だった。

「村の誰かが賀川少尉を殺害した。賀川少尉がマラリアで後送されたと聞いた村長は、よもやと感じて私怨を抱える住民を問い詰めた。発覚を恐れたその住民は村長をも殺害した。そうした想像も成り立たなくはありません」

そうした想像しかできないという意味でもあろうが、取るべき対処はきっちりと明確化させていくのだから大した将校だった。その思考範囲は村の外にまでおよんでいた。「そこでひとつ気になることがあります」と依井を見た。

「村長が死んだ場合、土侯にはどのような形で伝わるのでしょうか。いくら山間といっても村長の生き死にに土侯が無関心でいるのはあり得ないでしょう」

「掌握のほどは土侯による。人事的な報告をそのつど求めるだけの土侯もあれば、就任式めいたことを行う土侯もある。なんにしろ死が伝わらないというのは考えられない。徴税を担当する者も定期的に回っている。土侯の使いに対応するのは村長の仕事だ」

「先ほど助役たちはそうした動きを見せませんでした。扶綿さん、あなたが聞きおよんだ会話の中に土侯への連絡に関するような事柄がありましたか」

なかった。なかったが特にひっかかることでもない。あの状況でそこまで頭が回る者はさすがにいまい。

「もちろん少し様子を見る必要があります。住民が落ち着いたらそのあたりにも注意を払ってください」

土侯への連絡を気にかける者がいつ現れるか。仕切るのは助役のはずで、思うだにこれは見過ごせないことだった。村長や隊長に不満を持っていた者が村に内在するならば、それなりの地位にある者でしかなかろう。

5

村長が殺された上に慣れない仕事をこなせば疲労は大きい。夜が明けきると、村の男たちは深い困憊《こんぱい》の色とともに自宅へ引き揚げた。

それでも交代仮眠しか取れない兵隊よりはましである。依井の目に最も疲労が濃く見えたのは下士官たちだった。肉体的な疲労よりも心労が大きいのである。先々を考えればこれはさすがに憂慮すべきことで、二時間ほどの仮眠を取ったあと杉山准尉がみずから巡回班を率いて出ていくことになった。

オーマサが駐屯地に現れたのはその直後だった。コマサとイシマツをともなっていた。今後の方針を打ち合わせると同時に、おそらくは警備隊を探るためだった。

「少しは眠ったか」

副官は彼らを将校宿舎へあげて茶を出した。

味を堪能する気にもなれないらしく、今夜はどうするかとオーマサは尋ねた。男たちをまた集めるつもりでいる様子だった。警戒態勢は取るが兵隊だけで行うと副官が返せば「遠慮はしないでください」とにじりよった。

「そもそもこの村のことなのです。たとえ兵隊さんが休んでいても我々は警戒に立たねばならないところです」

「気持ちは分かるしこちらにはありがたい話ではあるが警戒態勢は我々のみで取る。村は努めて普段通りにしていてもらいたい」

昨夜の段階で警備隊への不信感を見せる男が現れたほどである。疲労が募れば村のまとまりも崩れ、結果として警備隊も駐屯どころではなくなる。すなわち重慶軍に利する。それらのことを副官は包み隠さず語った。

「不規則な勤務に兵隊は慣れている。不規則な勤務でこそ本領が発揮されると言っていい。なにより村長の死は戦の招いたことだ。我々への協力姿勢が敵視された恐れもある」

「もとを正せば戦を招いたのはイギリスです。欲望のおもむくままアジアを荒らし回り、あげく蔣介石《しょうかいせき》を傀儡《かいらい》にした。その蔣介石の兵隊が今なおビルマへの侵入を繰り返し、そのたびにあちこちの村が被害を受けているのです」

正確な通訳に努めながら依井は観察の目を向けていた。オーマサの姿は昨夜にも増して切実で、口調は抗弁の響きが極めて強かった。我慢の反動に衝き動かされているような感触がそこにはあった。村長の死を境にオーマサははっきりと変化していた。

「遊撃戦しか展開できない敵であっても軍隊に変わりはない。武装していることにも変わりがない。君たちの誰かが落命しない保証はないのだ」

一度案内を受けたからには山の捜索はもう警備隊のみでこなせる。イシマツに対し「今後はオーマサをしっかり支えよ」と副官は告げた。その後、返し損ねていたカメラをコマサに渡した。情報面での協力こそが最もありがたいとの言葉がかけられた。

「今日にも行商人に化けた支那兵が街道へ向かうやも知れない。君たちはよそ者の撮影と村の心の結束に努めてもらいたい」

賀川少尉から頼まれたことである以上、撮影はないがしろにできなかった。「それはもちろん万全を期すつもりでいますが」とオーマサはもどかしげに答えた。

「万全を期すとは具体的にどうするのだ。たとえば我々が村を去ったあと、どういった形で通過者を漏れなく撮影するつもりだ」

「これまで通り分哨《ぶんしょう》は維持しますから見知らぬ者が現れたらコマサへ連絡させるよう徹底します」

「重慶軍も馬鹿ではない。囮《おとり》を使いもするだろう。とすれば分哨には最低でも二名を常駐させねばならない。村の労力は倍加する。分哨につく男たちにそれを納得させうるか」

「納得させせます」

「長く続くのだ。一か月や二か月の話ではない。戦はまだ二年三年と続きかねない」

「やり遂げてみせます」

「やり遂げられたとしても不自然さは覆うべくもない。よそ者が現れるたびに分哨から男が駆けていく。それでは日本軍に協力していると示すも同然だ。重慶軍は村全体を敵性とみなすだろう」

万全を期すと言ったからにはあやふやなままにはできずコマサとイシマツも頭を寄せ合うことになった。

憩いの場を東外れに作ってはどうかとの案がすぐに出た。牛車道を広く見渡せる適当な林に卓と椅子を置く。喫煙と喫茶の場とする。年寄りも含めて住民の誰かが必ずいるようにするとの内容だった。

必ずいるようにするのは簡単なようでむずかしい。万全を期すなら勤務割りじみたものがどうしても必要になる。天候も考えれば年寄りの類を組み込むのは気が引ける。話を詰めながら三人は思案の表情を深めていった。

やがてイシマツが提案した。

「精霊の祠のそばにすれば年寄りも祈りがてら通います。協同作業場のような広場にすれば子供も集まります。協同作業場自体をそちらに移してしまえば脱穀の必要から女たちも通います。これならば日中に人が途切れることはありません。多少は面倒でも事情を考えればみんな賛成してくれるでしょう」

天気の悪い日のみ青壮年男子が受け持てばいい。どうせ田畑には出られないのだから問題はない。あとは連絡用の小道を森の中につけておけばいいと話はまとまった。

「そういう形でいかがでしょうか」

「では、村はまずその態勢作りに集中すべきだ」

それ以外のことはしてくれるなと込められていた。オーマサという人間を考え、どうしても探り合う形となる現状を考えれば、まず理想的な措置に違いなかった。

態勢が軌道に乗るまでしっかり監督してほしいとの言葉をはさみ、副官はふと思い出したかのように付け加えた。

「騒ぎで忘れていたが昨日の日没後に連絡が来てな。賀川少尉の病状は思いのほか軽いそうだ。すぐにも退院できるだろう。土地に精通している将校は重宝されるから遠からずまたここへの駐屯を命じられるとみていい」

賀川少尉が戻ったとき欠けている者があればさぞ悲しむだろう。しかし行商人の類が残らず撮影されていればさぞ喜ぶだろう。そう畳みかけることで撮影態勢構築の意義が強調された。

「オーマサ、君はこのまま村長となるのだろう。君が村長となることに誰も反対はすまい。コマサとイシマツ以外に助役の務まる者はいるか」

「いないわけではありません」

オーマサは何名かの男の名をあげたが、それ自体はどうでもいいことだった。

「村における君の責任は否応なく増す。昨夜の様子を見るにつけ君は村長の器が充分にあるし、男たちもそれを認めている。ならばすべての面で村と住民を優先させねばならない。駐屯のないときならばいざ知らず、駐屯が続いている間の警戒は日本軍に任せておくべきではないか」

なにもかもチジマスターの言うとおりだとの顔をイシマツに向けられてオーマサはひととき黙り込んだ。納得したわけではなかろうが最終的には「分かりました」と答えた。

「住民はまだ動揺しているだろう。村長の女房は悲しみに暮れているだろう。さあ村へ戻りなさい」

駐屯地を去る三人を副官はわざわざ牛車道まで出て見送った。おりしも杉山准尉が巡回から戻ってくるところだった。三人は杉山准尉にそれぞれ会釈しつつすれ違った。

「全分哨、異状ありません。住民のほとんどはまだ睡眠中のようで村は静まり返っています」

ねぎらわれ、休んでいるよう告げられて杉山准尉は「失礼します」と消えた。その間も副官の目はオーマサたちの後ろ姿に留められていた。間違いなくオーマサはすでに村長とみなされており、助言の所作でイシマツが何かを語りかけていた。

何が引っかかるのか副官は怪訝《けげん》な色を深めていた。

「扶綿さん、警備隊が村に入ったとき住民はどんな様子でしたか」

「村長以外はよそよそしかった」

今さら確認するようなことではなく、どういうつもりだろうかと思わずにはいられなかった。隊から見れば客でしかないとしても配属されているひとりには違いなく、依井も指揮官の思考はどこかで意識していた。命に関わることである。観察の表情になっていたのか副官は目をそらした。

「あの三人ですけど不自然ではありませんか。オーマサ、コマサ、イシマツ。賀川少尉は思いつきでつけたのでしょうが」

その順番が腑に落ちないと言うのだった。

「次郎長一家の序列や個人的な好悪はどうあれ、大政とくれば小政が出てくるのは自然なことでしょう。オーマサがまず助役の筆頭として認識され次にコマサが認識されたわけです」

いわんとすることを依井はおぼろに理解した。オーマサが助役頭であることは言うまでもない。問題はコマサである。

威厳めいたものがない。言い方は悪いが小間使いの雰囲気である。村長に言われて鶏を持ってくる。村長が殺されれば連絡に走らされる。その連絡においてはひどく取り乱していた。

「三人で歩く様子からしておかしい。オーマサとイシマツが肩を並べるようにして歩き、その後ろをコマサが歩いていました」

コマサが助役なのは確かだが、それは身の軽さや従順ぶりを買われたがゆえであるように思える。「むしろイシマツがコマサであったならしっくり来ます」との言葉が続いて依井はその通りだと得心した。

「イシマツは見るからに体が強い。支那兵との遭遇も覚悟しておかねばならない道案内を恐れてすらいなかった。それは捜索班長の明言するところでもあります。少なくともコマサなどよりずっと度胸があるし男としては格が上でしょう。引き返していく様子からもオーマサの右腕のように感じられました」

コマサもイシマツもまだ若く、年齢的な配慮は不要である。にもかかわらず助役の次席を意味するに等しいコマサというあだ名が小間使いのごとき男につけられたのはなぜか。賀川少尉は何をもってあだ名の基準としたのか。たまたまオーマサの次に認識しただけなのか。オーマサの伝令のようなところがあるから一組としてとらえたのか。

「村に入ったとき扶綿さんはどの順番であの三人を認識しましたか」

予備知識のない者から見た目立つ順番は村における地位の目安である。そう考えれば慎重に記憶をたどる必要があった。

警備隊を見て住民がしだいに集まった。はっきりとは言えないが、まず目に留まったのはオーマサであったように思う。住民を仕切り、道を空けさせていたのである。村長の家での通訳に入る頃にはコマサも含めて認識していた。ふたりは人垣を仕切っていた。そしてカメラの操作法が教えられる段階で助役と理解した。

副官は舎前まで戻って杉山准尉を呼ばわった。

「駐屯地にある兵を全員集めてください。身なりはそのままで構いません」

睡眠も食事も交代なら水浴びも交代である。駆け足で集合する兵隊の中には褌《ふんどし》姿で滴を落とす者もいた。

杉山准尉の声で二列横隊が作られた。間を置かず副官は声を張り上げた。

「よく聞け。この村に入ったときのことを思い出すのだ。集まる住民の中に助役を見た覚えのある者はいるか。記憶が不確かであってもためらう必要はない。挙手せよ」

挙手したのは四分の一ほどだった。その全員がオーマサを見たと答えた。住民に道を空けさせる姿がやはり印象深く残っているのだった。

コマサを見た覚えがあるのはわずかに一名だった。護衛として賀川少尉から離れずにいた兵隊であり、カメラの操作手順を教わる姿を覚えているという。ようするにこれは依井の記憶と大同小異である。他に住民のいる段階でのコマサはほとんど目につかなかったと言っていいだろう。イシマツに至っては覚えている兵隊のひとりとしていなかった。

「よし。結構だ」

兵隊を解散させ、副官はその場で腕を組んだ。短い黙考の間に依井の存在はおそらく意識から消えていた。「杉山准尉、ちょっと」と言いつつ将校宿舎へ足を向け、そのまま二十分近く出てこなかった。

いかなる話がなされたのか、再び現れたときには忙しない様子だった。馬が曳かれてきたと思う間に副官は颯爽《さっそう》とまたがり「ではあとを頼みます」と杉山准尉に告げた。そして馬兵と当番兵のみをともなって出ていった。駐屯地どころか村を出ていったのである。依井とは目も合わせないままだった。

見送りを終えた杉山准尉には視線を嫌う様子があった。「副官さんは連隊かね」と声をかければ仕方なくといった風情《ふぜい》で答えた。

「すぐに戻ってきますよ」

「三人だけで危険はないかね。どこからか支那兵の出てくる恐れもあるだろうに」

「そのときはそのときだとおっしゃっていました。まあ我々が村にいる限り敵も西進はしませんよ」

　余計な詮索はしてくれるな。

　日英開戦以来の日々をもとに判断するなら杉山准尉はそう言っているのだった。通訳は便利な存在だとしても隊にしてみればやりにくい面がある。遠慮や配慮も必要なら見られたくないことも多々ある。兵隊の会話ひとつとってもできることなら聞かれたくはなかろう。

「扶綿さんは休んでいてください。またいつ叩き起こされるか分かりませんよ」

「そうさせてもらおう」

　兵隊をいくら見習おうと体力ばかりは年相応で、短い間に事実上の徹夜が続けばさすがにこたえていた。睡眠がすすめられたのは疲労が顔に出ているせいでもあろうとぼんやり思った。

　宿舎の定位置に横たわったとたんに眠気が兆した。

　とにかく疲れる配属だった。思えば編成から慌ただしく、行軍は苦しかった。その日のうちに賀川少尉が殺され、翌日に副官が現れ、さらに翌日には村長が殺された。

叩き起こされる事態が二度と起きぬよう祈りつつ依井は目を閉じた。

賀川少尉の殺害から村長の殺害まで中一日あったのはなぜだろう。ふと脳裏をかすめたそんな疑問は押し寄せた眠りに埋没した。

・

通訳という仕事は、それ自体で言えば多忙ではない。何事もなければヤムオイ村における役目はそれこそ四、五日で終わりを告げていてもおかしくはなかった。シャン語の怪しい人間のいないことを確認し、言葉を濁すようなところが村長や助役になければそれでいいのである。後ろ暗いところのある住民を警戒させ、挙動を不審にさせ、もって兵隊の仕事を易くする。そこにこそ意味があると言ってよかった。

増加分哨のすべてが維持され、夜間にも村内の巡回が行われたおかげか、なにごともなく翌朝を迎えた。

副官の消えた駐屯地にあって杉山准尉は淡々と指揮を続けていた。といっても細かな指示はもはや不要で、ふたつの捜索班を送り出したあとは分哨下番者と巡回班から異状なしの報告を受けるばかりだった。

それぞれの任務をこなす兵隊たちには村長の死を深刻に受け止めている様子もなか

った。命令にしたがっていればいい彼らには責任の重圧がないのである。忍び込んできた支那兵のしわざとみる向きと、村の内紛の結果とみる向きで拮抗しているようではあったが、真剣な推測にはほど遠い。ややもすると醜聞を楽しんでいるようですらあった。

不測の事態が起きる恐れはもう低いと判断し、杉山准尉は分哨二箇所の削減を午前中のうちに決めた。同時に若干の位置変更が行われた。もともと置かれていた東西の分哨と距離的な均一をとる南北に移されたのである。いずれも山の裾であり、視界の広い地点が選ばれていた。侵入をこころみる人間を牽制するにはそれで充分だった。

「住民に声をかけておきたい」

巡回班が整列したところを見計らって依井は申し出た。マラリアの説明を疑っていた男と副官に食ってかかっていた男に接するならば他に方法がなかった。杉山准尉は「村長の死などには触れないようにしてください」との注意を寄越した。

好天続きである。例年通りならばビルマの乾期はあと四か月続く。

村の巡回など兵隊にとっては気晴らしも同然で、巡回班長は四名の兵を率いつつ呑気な顔をしていた。

「今日は北から回り込みます」

村の真ん中を走る牛車道と何本かの路地をのぞけば畦道しかない。今となっては住民の不安をやわらげることに巡回の目的はあった。

「住民はもう笑顔も見せません。駐屯にかかわらず村長が殺されたのですから我々の株も下がりました。我々を疑う向きも増えているようです。扶綿さんが声をかけてくれるなら助かりますよ」

「冷静に考えれば日本軍を疑う根拠などなかろうに」

「根拠など住民には不要です。我々が現れて村長が殺された。それだけが事実なんです」

賀川少尉の死を知らぬ巡回班長もまた事を単純にとらえていた。「なぜ村長は殺されたのだろう」と水を向ければ考える間も空けずに答えた。

「誰かから恨みでも買ってたんですよ。まったく迷惑な話です」

山に監視哨の跡があったといっても支那兵が逃げたことを意味しているだけである。巡回班長にしてみれば真剣に考える価値すらあるまい。それでも支那事変を経験した下士官には違いなく思いのほか深い想像をしていた。

「殺してやりたいと思っていたところに我々が現れたものだからこの好機を逃すまいと考えたんでしょう。村との関係性がどうあろうと我々はしょせん異国の人間ですから罪をなすりつけても良心のひとつも痛めずにすみますよ」

兵隊たちも似たような想像をしていたらしく納得を深める様子だった。警戒態勢が取られているのはあくまで念のためと位置づけられ、軍隊ではよくある骨折り損のくたびれ儲けとみなされていた。

「扶綿さんは怖ろしかったでしょうが、たぶん戦とは無関係ですから安心してください」

田畑の間を抜け、路地の一本に入って牛車道へ出た。そこからまた別の路地へ進んで畦道をたどった。

見かける住民には残らず声をかけた。年寄りも子供も構わなかった。村長を殺したのは支那兵とみる住民はねぎらいの声とともに見送ってくれるものの笑顔と呼べるものはなかった。

「こんなのどかな村で殺したいほどの恨みなど生じるものだろうか」

「恨みの類はどこでも生じますよ。むしろこうした村のほうが厄介でしょう。何かの拍子に険悪になると解決が大変です。ちょっと歩けばばったり出くわすんですから冷却期間もおけない」

巡回班長はさらに言った。険悪が進むと必ず周囲の人間も巻き込まれる。どちらかの味方になる者が現れ、態度をはっきりさせない者はやがて両方から敵視される。村長が絡むいさかいであればまず始末に負えない。

「こうした土地では王様が出てきてようやく解決するということもあると思います

よ」

内紛。

私怨。

副官も土侯による掌握の程度は気にかけていた。あるいはその確認のために連隊へ戻ったのだろうか。

土侯も様々である。自前の軍隊を持っている例すらある。警察に毛の生えた程度だとしても独立性を内外に誇示するには意義の大きな存在だった。

そうした事実を踏まえればヤムオイ村の人々はやはり奇妙と言わざるを得ない。村長の死を土侯に伝える動きは相変わらずない。亡骸《なきがら》は村長宅の裏林にひっそりと埋葬された。僧侶も呼ばれず、ただ埋められたのである。僧院もない山間では通例だとしても村長のこととなればどうしても違和感が拭えなかった。

杉山准尉から注意を受けたのか、それとも下士官ゆえの洞察か、山へと続く小道をたどり始めると巡回班長は振り返った。

「背筋の痛みはどうですか。新設された分哨のひとつがこの先なんですが少しばかり坂が続きますよ」

日々順路を変えつつ巡回は各分哨を通る。クリークからも距離のある高台に向けて小道は続いていた。

杉山准尉が実地指導に立っただけあり、新分哨は視界が良好だった。田と林と家々を見渡し、異状のないことを分哨長に確認し、巡回班は通過した。

異状がないということは退屈ということである。東の分哨に達したとき巡回班長はすっかり気怠《けだる》げな顔になっていた。「いい天気で眠くなりますね」などと分哨長に話しかけられると破顔した。

「敵でも現れてくれるといいがな」

小休止が告げられ、牛車道に沿う草の上に兵隊たちはめいめい腰をおろした。おだやかな天気とのどかな村にどの顔も緩んでいた。野良着でもまとっていればことごとくが百姓にしか見えまい。賀川少尉が殺されたときはこの兵隊たちをも多少疑ったことを思い出すと自分がひどく浮き世離れしているような気分にさせられた。

小休止後は牛車道を少しばかり西進した。協同作業場の新設現場を見るためだった。マラリアの説明を疑っていた男と副官に食ってかかった男もそこにいた。

精霊の祠から若干の距離が取られた林である。ダアを使って木を倒す男たちを女と子供が手伝っていた。若い部類に入る住民はあらかた集まっているらしく結構な人出だった。コマサがいて、イシマツがいた。

全体をながめる限りでは陣頭指揮に当たっているのはイシマツだった。周りから一目置かれている雰囲気が彼にはあった。依井たちに気がつくと作業の目算をそつなく語った。

「ここは水はけが悪くありません。木陰の確保に具合のいい大木も適度にあります。必要な広さを確保するのは手間ですが、乾期の間はどうせぶらぶらするだけですから何日かすれば形は整うと思います」

倒された木からは次々と枝が払われる。枝は女と子供によって運ばれ、さらには束ねられる。村長の死にともなう動揺を抑える効果が作業にはあり、依井たちに妙な目を向けてくる者はなかった。

例外を強いてあげるならばコマサだろうか。巡回にはどうしても探りの気配を感じるだろうし、通訳が同行していればなおさらだろう。ダアを止めては依井をうかがい、目が合うと手を動かすということが二度ほどあった。

副官に食ってかかった男もいくらか巡回を意識していた。シャン語の分かる日本人がそばにいては迂闊《うかつ》に口も利けないとの面持ちだった。その手が止まったところを見計らって依井は歩み寄った。人目をはばかれば邪推に繋《つな》がりかねず何を探るつもりもなかった。

「ちょっと作業を代わってくれないか」

驚きつつも男はダアを寄越した。

「なるほど、これはしっくりとくるな」

ダアは不思議なほど手に馴染んだ。適当に振ったつもりがあっさり枝が払われて素直に感心させられた。力が無駄なく刃に伝わるのである。

「通訳のマスターには似合いませんね」

男はダアを取り返した。討伐がないのは支那兵のしわざではないからだと確信している表情だった。作業を再開してからは二度と顔を上げなかった。

通訳にすら良い感情を抱けないならば日本人の存在そのものを災厄の種ととらえているだろう。マラリアの説明に疑念を呈した男に至っては関わりすら嫌い、依井にはずっと背を向けていた。

このままでは本当に駐屯が危うくなりかねなかった。警備隊を疑う向きはオーマサをも快くは思えまい。

警備隊に対する態度の差が対立を招けば村の分裂すら懸念される。日本軍を疑う住民の筆頭が村長の女房である以上その抜本的な解決はむずかしかった。

「奥さんはまだ悲しみに暮れています」

村長宅を通るよう巡回班は努めており、女房の世話を焼く婦人たちは対応を心得ていた。それ自体が定められた手順であるかのごとく女房の様子を語るのだった。亭主を殺された悲しみと、次は自分が狙われかねないとの恐怖に、家から一歩も出ないという。仏壇に手を合わせるばかりで食欲もろくにないとのことだった。

「通訳のマスターも近づくのはご遠慮ください」

そっとしておくしかないのは確かで、何かあったら駐屯地に連絡してくれと言付けておくのが依井にできることのせいぜいだった。

「落胆する必要はありませんよ。オーマサですら女房には近づけないほどです。殺された状況が状況ですからね。日本軍のしわざだと女房が言えば誰にも否定はできませんよ」

支那兵が侵入したとなれば村の手引きが疑われかねず、内紛や私怨が原因となれば死者をおとしめる。結局のところ日本軍のしわざとするのが村にとっては最善である。支那兵のしわざだとしても間接的には日本軍のせいと言える。そうした認識を得られただけでも巡回に同行した意義はあったろう。

「ここまでくると巡回は諸刃の剣ですね。准尉殿も切り上げどきと判断されるでしょう」

巡回班長の予想は的中した。報告を受けた杉山准尉は巡回の中断を即座に決めた。

「特定の住民にとってはもはや監視でしかあるまい。巡回班は捜索班に編制替えする」

南北の山と東方の捜索は続けねばならず巡回班の維持は大きな負担でもあった。分哨を四箇所維持するには常時十二名が必要で、理想の三交代でこなそうとすれば警備隊はそれだけで手一杯なのである。

「というわけですので扶綿さんは休んでいてください」

私怨など探りようもなく、住民と距離が取られればもう仕事すらない。まさか捜索に通訳が同行できるはずもなく、このままお役御免もありうるだろうと依井は考えた。判断を下すのは副官である。

その副官は、さらに丸一日が過ぎてから戻ってきた。

やはり忙しない様子だった。馬を下りたかと思えば居合わせた兵への答礼もそこそこに杉山准尉を呼びつけた。依井と目を合わせると「ご苦労様です」とだけ言った。当番兵が鞍から外した革鞄は見るからに重たげだった。

留守中の案配を杉山准尉が簡潔に伝えた。なにごともなかったこと、分哨を東西南北の四箇所のみとしたこと、昨日の午前中を最後に村内巡回を中断したことなどである。

副官には反応らしい反応もなかった。判断を信頼してのことだとしても依井はやや意外に感じた。杉山准尉をともなって将校宿舎へ入る様子からはすべてを承知の上でいたような印象すら受けた。

兵隊たちはまたそれぞれ動き始め、もしくは舎前の隅で一服つけた。任務をこなし、炊爨《すいさん》し、水を浴び、仮眠を取る。その繰り返しである。敵でも現れてくれないかとこぼしたくなるのは当然なのだろう。

「扶綿さん、ご同行願います」

暇にかまけて言葉を交わすうちに兵隊たちは気安くなっていた。杉山准尉の命じた二名一組での行動厳守は解かれておらず、依井はもはや厠への往復に便利な存在でしかなかった。

•

結局、厠通いで昼過ぎまでを過ごした。イシマツが訪ねてきたときも、大便中の兵隊と壁越しによもやま話をしていたところだった。

杉山准尉の大声で呼ばれ、「こっちはいいですよ。すぐ出ますから」という兵隊を置いて舎前へおもむけば、鶏を手にしたイシマツが立っていた。

「差し入れです」

副食が缶詰ばかりではさしもの兵隊も参るだろうからとの言葉が添えられた。オーマサからである。

「必要なものがあれば言ってくださいとも言付かってきました。食い物でしたら村は困っていませんからどうぞ遠慮なく」

直接礼を返して杉山准尉は食卓の一角をすすめた。依井をわざわざ呼んだのは来訪目的が差し入れだけではないとみたからである。

「賀川チジマスターはまだ戻りませんか」

風のひとつもなく、陽光の心地よい午後だった。杉山准尉はタバコにゆっくりと火をつけた。

「いくら病状が軽いといってもそんなに早くは退院できんよ。やはり賀川チジマスターがいたほうがいいか？」

答えにくい質問には違いなくイシマツは言葉に詰まった。

村長職についたオーマサも苦しいところだろう。偵察目的でイシマツを寄越したのならば住民の突き上げもある程度は受けていると想像せねばならなかった。

「巡回がなくなりましたね」

「分哨だけで警備面の不安はない。村はどうだ」

「協同作業場の建設に集中しています。村長の奥さんは塞《ふさ》ぎ込んだままです。食欲が少し戻ったようですので婦人たちは胸をなで下ろしていますが」

おそらくは、距離の開いた村と隊を最も憂慮しているのが助役である。賀川少尉がいてくれたならとの思いがどうしても拭えないのかイシマツは複雑な表情でいた。勇気を振り絞るような間のあとで一息に語った。

「警備隊がいなかったらもっと酷いことが起きていただろうと良識的な者は言っています。山で監視哨跡を見つけたことを話すと、やっぱり支那兵のしわざだから日本軍にいてもらわねば困ると言う者もいます。ですからおかしな想像はしないでください。なにぶん村長が殺されるなど想像もしていなかったことですし、それに村長の奥さんも塞ぎ込んだままですので、みんな警備隊と接することに戸惑いがあるのです」

あいまいなところを補いつつ通訳すれば杉山准尉はうなずいた。

「警備隊は村が落ち着くのを待つつもりだ。我々に手伝えることがあるならいつでも言いなさい」

「できれば村に常駐してもらいたいのですが無理でしょうか」

支那兵のしわざとみる向きも、それゆえ警備隊とは親しくできない。山に監視哨があったからには道端で言葉を交わすことにも抵抗がある。兵隊の頭数で劣る日本軍がまたいずれは撤収する以上やむを得ないことである。それらのことをイシマッは語った。

「日本軍では上の人への意見などは許されていますか。ヤムオイ村に警備隊を常駐させるべきだと意見してもらうことはできますか」

即答できることではないし、していいことでもないように思えたが、杉山准尉はなんらためらわなかった。

「上條チジマスターに伝えておこう。君たちの苦労はよく承知しておられる。部隊の偉い人にヤムオイ村の実状を説明した上できっと進言してくれる」

その旨をオーマサに伝えておくよう告げられると、ならばありがたいとの様子でイシマツはようやく表情を緩めた。

起きるはずのなかった問題が起き、単純であるはずの問題が複雑化する。村長なり隊長なりが消えるというのはたぶんそういうことである。助役にかかる精神的な負担は想像以上であるらしく気を取り直さねばとの顔でイシマツは帰った。

それにしても妙な具合だった。オーマサは早く撤収してくれと言い、イシマツは常駐してくれと言う。どちらの希望も理解はできるものの村をまとめる立場の人間がまとまっていないことになる。まとめる努力もされていないのだろう。

杉山准尉の安請け合いもむろん妙だった。「やりとりはすべて副官殿に伝えますから安請け合いではありませんよ」と言われたところでイシマツの期待に比すれば軽々しい印象は残った。肝心の副官はといえば、なぜか将校宿舎に閉じこもったままだった。

「明日あたりまた誰かが来そうな気がしますね」

タバコを煙缶に投げ込んで杉山准尉は目を擦った。

「ところで扶綿さん、忙しいですか」

「忙しすぎて目が回りそうだ。今日はもう十往復ほどしたかな」

聞きたいことが山ほどある依井を杉山准尉も承知の上でいた。「では副官殿のところへどうぞ」と将校宿舎へ手を差し伸べた。准尉自身はこの場で待機らしくまたタバコをくわえた。

・

考え事の多いときほどタバコの消費が増える。その傾向に例外はない。採光窓のひとつがわずかに開けられているだけの将校宿舎には、むせかえるほどの煙が充満していた。

イシマツが帰るのを待っていたと副官の顔には書いてあった。「そこへどうぞ」と言ったかと思うと、なんの説明もなく写真を一枚押しつけてきた。

「それ、いつ撮ったものか分かりますか」

カビネ判だった。一目見て依井の心臓は跳ねた。写っているのは賀川少尉と村長である。

「……これは村に来た日の」

カメラの使い方を教えるおりの試し撮りの一枚である。屋内撮影のため賀川少尉も村長も顔が陰っていた。フィルムの交換手順が教えられたあと撮影済みフィルムを物入れへ押し込んだ賀川少尉が思い出された。

「賀川少尉の荷物にロールフィルムが残っていました」

杉山准尉が撮影した殺害現場等のフィルム、そして村長の殺害現場のフィルムも一緒に現像したとの説明がなされた。

「その写真を連隊で眺めながら因果じみたものをわたしは感じましてね。なんといっても殺されたふたりが写っているのですからね」

遺影という言葉が頭をよぎった。戦がなければとの仮定は禁物だろうが、二十歳を少し過ぎただけの青年がこの世を去った事実は今さらながらに重く感じられた。このくらいの息子を持つ同年輩がいないわけではない。依井が覚えるのは若者にばかり苦労を押しつけている後ろめたさだった。

「実は、この地の土侯にその写真を見せてきました。連隊長殿の許可を得て面会を手配したのですが、結論を言えば土侯は写真の村長を知りませんでした。担当区域にヤムオイ村が含まれているという徴税担当者にも見せましたが結果は同じでした」

特に驚きはなかった。村長の死を連絡する様子が村にはない。日本軍が殺したとみる向きも動かない。死の処置に関わる話を助役ですら口にしない。そうした事実を踏まえれば非仏教徒ゆえに僧侶が呼ばれないのではないかとの想像にも至り、ではあの立派な仏壇はなんなのかとの疑問にも至っていた。

私怨云々の推測はひとまず棚上げすべきだろう。村長が偽者であったからには根の深さはただごとではない。村長が入れ替わり、住民がなぜかそれを受け容れ、日本軍を欺いてきたことになる。賀川少尉は去年からずっと騙されていたことになる。

「扶綿さんのおっしゃるとおりでした。徴税担当者はヤムオイ村にも足を運んでいます。去年の暮れにも来たのだとか」

しかし村長の入れ替わりには気づかなかった。本物の村長が対応したからでしかない。

「戡定《かんてい》作戦時に入れ替わったのでしょう。どういういきさつがあったのかは分かりませんし、何かしらの脅しが背後にあったのかも知れませんが、いずれにしてもそこで見過ごせないのがシャン語です。偽の村長は当初から流暢《りゅうちょう》なシャン語を使えたからこそ入れ替わりに踏み切れたのでしょう。シャン人の通訳と接してもだからこそ平気だったのでしょう。とするならまず確実に支那兵ではない」

支那兵ではないが日本軍を欺く必要のある人間である。さらに言えば、日本軍を欺くと承知の上で住民たちが受け容れる人間である。

「明確な根拠のない推測ですが、もともと村の住民とは顔見知りだったのだろうとわたしは思います」

華僑《かきょう》ではないか。

溜息混じりの煙を吐いて副官はそう言った。

「街道のどこかに何かの店でも構えていた華僑と考えれば一応筋が通ります。というより他に考えようがありません」

戦は現地に暮らす異国人の生活を大きく変える。ときには根こそぎひっくり返す。その具体例のひとつが依井自身である。

日英開戦の前後、在緬邦人のことごとくは何かしらの形でビルマを去らねばならなかった。その動きは開戦半年前の日本人資産凍結令から始まった。社員とその家族をすぐに帰国させた会社もあれば脱出準備を進めさせる会社もあった。扶桑綿花も例に漏れず、依井は妻子を日本へ帰して身を軽くした。

イギリスもまた開戦を見越し、日本人には早くから監視と尾行をつけていた。ビルマに残っていた扶綿の社員は夜間に家を忍び出てビルマ人に変装し、そのままタイを目指すことになった。開戦直前のことである。

同時期、在緬華僑はまだ安穏としていただろう。日本軍がビルマルートの遮断に出る可能性は考えても、攻略を優先すべきシンガポールが難攻不落とうたわれているからには生活を畳む事態など想像もできなかったろう。

ところが開戦から二か月でシンガポールは陥落した。三か月が経つとラングーンまでが陥落した。日本軍の勢いは止まらず、たちまち北部シャン州に迫った。この地に暮らしていた華僑は決断を迫られた。

重慶軍とともに逃げるか。

戦火の過ぎるのを待つか。

根づいた土地を捨てる気にはなかなかなれない。家族のある者ならばなおさらで、ビルマ人とともに一時的な避難をした華僑が大半だろう。

一方で日本軍に敵対行動をとり、さらには戦闘行為に出た華僑もいたはずである。もともと彼らには日本人自体を敵視する傾向があった。日貨の排斥にも熱心なら在緬邦人を襲撃する例にも事欠かなかった。依井が妻子を帰国させた理由のひとつがそれである。いざ前線が近づけば重慶軍の要望を待たずに彼らは協力する。ビルマ語やシャン語ができればあらゆる場面で役に立てる。風俗習慣を知っていれば知恵袋になれる。道案内もできる。

「実際、逃げる重慶軍に華僑が交じっていた例ならばあります」

「だからといってなぜヤムオイ村が受け容れるのだ。脅しを受けたのだとしても村長へのなりすましに村が協力するなどわたしには理解のできることではない」

「理解よりも認識に努めねば先に進めません。扶綿さん、現段階ではわたしにも背景が分からないのです」

土侯に仕えてヤムオイ村に来る徴税担当者が写真の人物を知らない。にもかかわらず写真の人物は村長として日本軍に接していた。いま立脚すべき事実はそれだった。

「本物の村長はオーマサです」

徴税担当者から風貌を聞くだけで充分だったろうが副官は名前も控えていた。北部シャン州のどこにいてもおかしくない平凡な名だった。

「では偽の村長を殺したのは」

オーマサか、コマサか、イシマツか。

気のはやりを嫌ってか「誰かは分かりません」と副官は制する口調になった。

「受け容れておきながら今さら殺すというのも腑に落ちませんし、いきさつがどうあれ華僑もヤムオイ村での暮らしにすっかりなじんでいたでしょう。それが証拠に、殺された状況は近しい人間のしわざであることを物語っています」

一刀のもと首を割くには少しでも警戒されていては無理である。夜の厠で出くわしても警戒されない人物となればやはり助役以外に思いつかなかった。

「馬に揺られている間もそのことばかりを考えていたのですが、夜の厠に現れても警戒心を抱かれない人間とはいったい何者でしょうか。わたしは助役ですらむずかしいと思うのですが」

写真が床に置かれた。

思えば試し撮りに意図はなかった。シャッターを切り、フィルムを巻く。その動作を繰り返しただけである。これを撮ったのはオーマサだったろうか。それともコマサだったろうか。

「女房はどうしていますか」

物理的に考えるなら華僑を最も楽に殺し得たのは女房である。

「相変わらず塞ぎ込んでいるそうだ。わたしも近づけなかった」

日本軍に対する度を外れた怯えと疑心も副官の想像を裏付けていた。重慶軍への協力に女房がどこまで関わっていたのかは不明ながら、華僑と暮らしていたからにはスパイの自覚は少なからず持っているだろう。

「逃げるのではないかね」

口にしたあとになって愚問だと気づいた。早くから根の深さを見ていた将校たちのことである。華僑が殺された夜の警戒態勢にはそうした意味もあったとみてしかるべきだった。

副官は大きな煙を吐いた。女房が殺したとはさすがに考えてはいまい。華僑を殺した人間は賀川少尉を殺した人間である。

「殺害に関与していようといまいと女房は増加分哨の撤収を待っているでしょう。扶綿さんにはもう少し退屈を辛抱してもらうことになります」

次に依井が重宝されるのは尋問のときである。連隊がどう処理するつもりでいるにせよ、副官がいる間はヤムオイ村においてすべてを済ませるべく努力はする。翌朝を待って増加分哨は廃止され、牛車道の二箇所のみの通常態勢に戻された。おかげで必要人数は半減し、駐屯地にはやれやれといった様子の兵隊が溢れることになった。

6

捜索班に組み込まれた兵隊以外は分哨《ぶんしょう》の交代要員でしかない。平たく言えば待機要員である。

班長と呼ばれる者は副官の処置にひっかかるものを感じたろうが口にすることはな

かった。眠れるときに眠るよう心がける者は、くつろげるときにはくつろぐ。洗濯等をすませてしまえば宿舎や舎前のそこかしこにたむろして談笑するばかりである。反して依井たちは精神的な疲労を溜め込まねばならなかった。廃止した分哨に代えて副官は兵の四名を村の南北に潜ませていた。

いつ四名から連絡が入るかと思えば日の沈まぬうちから緊張を強いられた。

夕刻に現れたコマサがさらに緊張をあおった。彼は差し入れすら持っていなかった。表情は沈み「通訳のマスター、お話があります」と依井をなかばにらみもした。居合わせた副官が険しい目を返したほどである。

「オーマサから何か伝言か」

「伝言ではありません。通訳のマスターとお話がしたくて勝手に来ました」

副官には席を外してほしいと言っているのだった。不遜の自覚ゆえかコマサは頭を深く下げた。

「お願いします。通訳のマスターとふたりだけで話をさせてください」

「ならん」

コマサのただならぬ様子もさることながら副官にしてみれば民間人とふたりきりにするのが論外である。その旨が口にされたとたんコマサはうなだれた。勇気はすでに振り絞られ、食い下がる気力もなかった。将校宿舎に入るよう言われると無言でしたがった。

長い話になると思われた。副官は兵にカンテラを用意させ、駐屯地を頼むと杉山准尉に告げた。

宿舎の戸が閉じられると同時にコマサは身を強ばらせた。言うなれば死を覚悟した気配だった。床に腰を下ろすとまたうなだれた。

「村長を殺したのはわたしです」

去年なにがあったにせよ、日英開戦からこのかた村の人々には心の安まるときが一切なかったろう。日本軍を偽ってきた呵責《かしやく》のためかコマサにはもう表情すらなかった。

副官が口を開くまでの無音の中、コマサが助役足りうる理由を依井は見た気がした。これはどこまでも不器用でどこまでも誠実な男である。

「村長ではあるまい。あれは華僑《かきよう》だろう」

うつろとも言える目が上げられた。去年の時点で村長が入れ替わっていたことは分かっていると続ける副官をコマサは呆然と見つめた。その後の反応は少しばかり意外だった。かすかな安堵をのぞかせたのである。

「ご存じでしたら理解していただけますね」

「なんの理解だ」

「殺さねばならなかった理由です」

副官はタバコを取りだした。コマサに一本すすめ、依井に一本すすめ、それから手帳と万年筆を取りだした。

・

去年の四月下旬、怒江へ向けて逃げる重慶軍兵士の中に華僑とその女房が含まれていた。

「支那兵の歩みについて行けずふたりは山道で落伍したのだそうです。年齢が年齢ですし、担ぎうる財産も担いでいました。途中で奥さんが足をくじいたこともあってヤムオイ村に着くまで一昼夜かかったといいます」

ふたりが踏み込んだとき村の人々は複雑な目を向けた。コマサもそのひとりだった。通過した支那兵の中には籾米《もみごめ》を略奪した者もあった。前線の迫る中ではただでさえ支那人は災いを招きかねず、女房がもう歩けないので匿《かくま》ってほしいと頼まれたとき本物の村長であるところのオーマサは難色を示したという。

そうこうするうちに支那兵の一団がまた現れた。日本軍がすぐそこまで来ていると、ことごとくがうろたえていた。一団とはいえまったくの無統制でコマサから見れば盗賊でしかなかった。牛車道を逃げていてはいずれ捕捉されると籾米を抱えて山へ逃げ込む者も見られた。

「村長が華僑夫婦を匿ったのはその弁を信じたからです」

日本軍はひどい軍隊である。敵とみるや情け容赦なく殺す。食堂を経営していただけの華僑であっても支那人とみれば殺す。ビルマ人といえどもひとたび怪しめば殺しにかかる。支那兵が通過した村には支那兵にとって有利な何かがあると必ずにらむ。食糧や水の提供がなされたのではないかと疑う。奪われたと言っても絶対に耳を貸さない。敵性の村と判断したなら村長を殺し、阿諛者《あゆしゃ》を村長に据える。

「それらを語った上で華僑は提案を持ちかけたのです。日本軍が来たときは自分が村長のふりをすると」

それならば、もし怪しまれても死ぬのは自分だけですむ。もし自分が殺されたら女房だけでも助けてほしい。女房は普通のビルマ人である。華僑は涙ながらに懇願した。

華僑の提案を受け容れて間もなく支那兵を追う日本軍が現れた。言うまでもなく賀川少尉の指揮する歩兵小隊である。

賀川少尉は華僑を怪しみまず英語と身振りで意思の疎通を図った。村を通過した支那兵の数が質《ただ》され、逃げた方向が質された。

そのあいだ隊の一部が村内の捜索を行った。怯える住民は協同作業場に集まり、男たちはダアを腰に吊していた。林のひとつひとつ、家の一軒一軒を確認する兵隊たちがどんな言いがかりをつけてくるかと思えばコマサも生きた心地がしなかった。華僑が語った日本軍の姿を頭から信じていた。

「賀川チジマスターは南北の山にも兵隊を差し向けて支那兵を追い払いました。それから東方の安全も確保しました。住民に乱暴を働く様子はありませんでした。時間が過ぎるほどに我々の緊張は解けました。ですがひとつ誤算がありました。すぐに通過すると我々は思い込んでいたのです」

賀川小隊はその日、村の西外れの林に天幕露営した。牛車道をはじめとする要点には分哨を設けた。

適当な家族を他の家に分宿させ、華僑夫婦は空いた家に入った。華僑も一晩のことと考えていたのである。

賀川少尉は朝になっても出発せず、なおも山と東方の捜索を行った。その翌日も同じだった。そしてさらに一日が経過してシャン人の通訳が護衛とともに現れた。シャン人は長くイギリス人に仕えていたらしく英語が堪能だった。

「警備駐屯に入る旨を告げる賀川チジマスターに華僑は動揺したと思います。助役のふりをする村長もわたしももちろん同じでした。華僑が正体を暴かれればみんな殺されると怖ろしくてなりませんでした」

露営地の林に宿舎が建てられ、捜索と巡回が続けられた。賀川少尉の任務が重慶軍の再侵入阻止であることはもはや説明されるまでもなかった。

「村長は華僑との話し合いの場を何度か持ちました。いつまで駐屯が続くか気になって仕方がなかったのです。すでに我々を匿っているからには発覚すれば村全体が敵性とみなされると華僑は断言もしました」

駐屯態勢の完備とともにシャン人の通訳が去り、言葉に気をつける必要はひとまずなくなった。住民にひどく恐れられていることは賀川少尉も承知しており無用な接触は持たれなくなっていた。戦が動いている以上、日本軍はいずれ撤収すると信じるより村には方法がなかった。

それから一か月が過ぎる頃ビルマ全土の戡定《かんてい》が宣言された。街道へ作物を卸すなり買い物に出るなりしても構わないとのことだった。

「村長は志願者を街道へやって戦の雰囲気がなくなっていることを確認しました。街道沿いの村や店は戦が来る前となんら変わらないと知ってみんな大変喜びました」

賀川小隊が狼藉《ろうぜき》を働くことも相変わらずなかった。差し入れ名目で様子を見に行くコマサはそのたびに歓迎された。助役頭のふりをする村長はもっと歓迎された。少しずつシャン語を覚えていく兵隊たちとコマサたちの距離はしだいに縮まった。

「オーマサというあだ名がすっかり定着する頃には村長は考えを改めていました。華僑に騙されていたのだとわたしも認めました」

コマサ自身、街道におもむいては日本軍の評判を集めた。戦災のおよんだ村の話ならば確かにあり、戦闘に巻き込まれたビルマ人の話もあった。しかし華僑の語っていたような例はひとつとして確認できなかった。平定されたシャン州は重慶軍がいた頃よりも治安がよかった。

意図的であったにせよそうでなかったにせよ華僑の言葉が事実と異なっていたことに変わりはない。

村を本来の姿に戻したい。賀川少尉ならば正直に話せば丸く収めてくれる。オーマサはそう迫った。ところが華僑は拒絶した。

「自分は重慶軍の接触をもう受けており日本軍の動きを通報している。華僑はそう言うのです。恫喝《どうかつ》でした。村長は血の気を引かせていました」

賀川少尉がすべてを知れば華僑は憲兵に突き出される。一度は重慶軍とともに逃げたからには相応の嫌疑をかけられる。日本軍がいかに非道か熱弁した事実もある。スパイと断定される公算が大きい。

賀川少尉たちとの距離を縮める村を見ながら華僑は生きた心地がしなかったろう。自分と女房はいずれ売られるのではないかと怯えていただろう。なんとかせねばと考えていたことは疑いようがない。

「華僑というものはおうおうにして狡猾です。異国に渡って商売を成功させるだけの知恵と度胸を備えています。大半は現地で女房を取って身を守ります。同時に根を下ろします。村での華僑のやり方はそうした手管の延長でした。想像するに、みずから重慶軍に連絡を取ったのです」

ビルマ戡定の前後ぽつぽつと行商人が現れるようになっていた。華僑は身元確認を装ってそのつど話しかけていたという。重慶軍の手先となった行商人がいると見越してのことである。

「匿ってもらった恩義を逆手に取って村を脅す。しかもそれを恥じようとしない。あれは単なる人でなしでした」

だから殺した。ダアで首を割いた。血がひどく飛び散った。おかげで衣服も汚れた。

コマサはつっかえながらそう語った。

「チジマスターたちには申し訳なく思いますが、華僑が重慶軍と繋《つな》がっているからには手を出せずにいたのです」

「ではなぜ今になって殺した」

「今しかなかったからです。日本軍が正体をつかんで始末した。重慶軍がそう判断してくれることを期待するしかありませんでした」

返答の速さはコマサの悩んだ時間の長さを示していた。「ではなぜ告白するのだ」と問われても迷わなかった。

「胸が痛んでなりませんでした。そうなることを期待して殺したにもかかわらず、村の人たちが警備隊を疑っているのを見て耐えられなくなりました。欺いてきた上に濡れ衣まで着せて許されるわけがありません。これでは賀川チジマスターが戻ってきたときに合わせる顔がありません」

コマサは落涙し、詫びの言葉を口にした。どういうつもりであるにせよ申し訳ないとの思いに偽りはなかろう。華僑がいたからには日本軍の動きがすっかり漏れていたのは事実である。

敵の目の存在は警備駐屯の前提であっても、以前賀川少尉が行った討伐を思えば深刻な告白だった。三名の戦死者が出た原因が華僑の内通にある可能性は誰にも否定できなかった。

重要視せねばならないのは告白内容ではない。コマサがそうした行動を取った事実である。

「とりあえず華僑に関することに嘘はないでしょう」

内容が内容だけに、はいそうですかと帰すわけにもいかなかった。まずは落ち着かせるしかなく、コマサを杉山准尉にあずけて副官は戻ってきた。

「コマサはすでに命を捨てたつもりでいます。華僑を殺したのはオーマサだと住民の多くが断じている証拠です」

自分がどうなろうと構わないがオーマサは村に必要な人間である。助役とはそうした考え方をする存在なのだと思い知らされるに充分だった。体力に秀でているとか物わかりがいいといった素養はむしろ小さい。村長に忠実で村を第一に考える人間であるがゆえに自然とその役職をこなすようになるのである。

村は二分化を強めている。巡回を嫌う向きはオーマサの「謀反《むほん》」とみている向きであって、それは華僑の女房への同情が強い向きと言える。

その女房が家に閉じこもっているのは、日本軍を恐れると同時にオーマサを恐れているからである。面倒を見る婦人たちはさしずめ護衛だろうか。女房は今夜のうちに逃げ出すと依井は確信した。

「だが、そうだとしても賀川少尉を殺す理由が見えない」

副官は答えなかった。タバコをまたくわえると思案の色を深めた。

オーマサが賀川少尉を殺したところで意味はない。指揮官が倒れたなら別の人間が指揮を執るだけである。

どうしても殺さねばならない理由があったとしても発覚すれば村全体が日本軍から

敵視されかねない。発覚を免れたとしても村に対する疑心の発生は避けようがない。これはとうてい村長の行動ではなかった。

重慶軍に心がなびく何かがあったのだろうか。日本軍を敵とみなさねばならない事情があったのだろうか。しかしそうすると華僑を殺す理由がなくなる。

村を本来の姿に戻したい。

確かにそのとおりだろう。オーマサにしてみれば華僑夫婦と日本軍は部外者である。災厄を持ち込むだけの存在である。日支両軍がヤムオイ村から距離を取ってくれることを願わずにいられない。ここが緩衝地帯となったまま戦の終わることが理想である。その思いの切実さはコマサもよく承知している。直接聞いたにせよ忖度《そんたく》したにせよ痛いほど承知しているだろう。華僑が殺されれば日本軍のしわざとみなされる。重慶軍はヤムオイ村から手を引かざるを得ない。少なくとも慎重になる。一方の日本軍は兵隊の頭数で劣る。重慶軍の影がなくなり、かつ遊撃活動が下火になれば村から撤収する。

賀川少尉が殺害される理由などやはりそこにはない。

賀川少尉の死がなければ、あるいはコマサの弁を信じる気になったかも知れない。信じるには足りないとしても、そういう形でおさめる努力はできただろう。村にとっても警備隊にとってもそれが最良の落着との結論に達してコマサは訪ねてきたのだった。

　私怨。

　結局はそこに行き着く。華僑に対するものとはまったく異なる、そして村の安定化とは無関係の事情があったと考えるしかない。事情というよりも私情だろう。ゆえに駐屯の記録にも残っていない。

「賀川少尉が恨まれそうな出来事を連隊はつかんでないのかね」

　無駄を承知で問うとしばしの無言が返ってきた。副官はまったく別のことを考えていた。

「こうなるとイシマツがどうみているか気になります。コマサですら自己犠牲の覚悟を固めたのです。村の空気も危うさを増しているのでしょう。村にとっての最良の落着をイシマツも探しているはずです」

＊

あなた方の想像をはるかに超えて重慶軍は辛抱強い。確かに戦意や装備の面では劣

る。負けると思えばすぐに逃げる。これは文化や倫理の違いのためでしょうが、大陸の歴史に負うところがやはり大きいのです。

撤退も退却も重慶軍にとっては戦における一手段に過ぎません。ようは最後に勝てばいいのです。国を挙げての戦とはそういうものであって個人や部隊の名誉など些事《さじ》です。戦乱に明け暮れたあげく今なお共産軍と国民党軍が戦いを続ける支那をあなた方はもう少し深く吟味する必要があります。

日本との戦いが始まってなお完全な共闘ができないのはなぜか。もちろん日本との戦いに勝利をおさめた後を双方が考えているからです。

支那人は百年先を考える。目先の勝ち負けに一喜一憂し、個人の名誉不名誉にこだわる日本人とはものの考え方がまったく異なります。この村での両軍の動きはいわばその縮図です。ヤムオイ村を押さえられたからといって重慶軍は焦る必要がありません。いずれ取り返せばいいのであって、そのための布石を打っておけばいいのです。

では、いずれとはいつでしょうか。

十年先かも知れません。

二十年先かも知れません。

この戦争はまだ続きます。あなた方は相当に覚悟しておかねばなりません。

住民の巡らせうる画策は程度が知れていた。確信にたがわず華僑の女房はその夜のうちに逃げ出した。

＊

杉山准尉に揺り起こされて依井は拳銃嚢《のう》を斜めがけした。用意のいいことに女房の連行先として天幕をあつらえているという。准尉は厠のわきを抜けて林を進んだ。

雑草が払われた一角に身の丈ほどの天幕が張られていた。それも二張りだった。うながされるまま一張りに入れば、さらに用意のいいことに長椅子が二脚置かれていた。そのひとつで華僑の女房が肩を落としていた。

「ご苦労様です」

副官が椅子をすすめた。申し合わせていたかのように近見崎上等兵たちが中腰で出て行き、「では駐屯地のほうを頼みます」との言葉を受けて杉山准尉もさがった。

天幕に残ったのは四名のみである。依井と副官と女房、そしてイシマツだった。

ふたりが捕まった経緯は想像通りだった。

欠けていく月の下、山裾の高台からもその影は見て取れたという。路地を抜けたふたりは畦を伝い、点在する林に隠れながら山を目指したのだった。

分哨跡に身を潜めていた近見崎上等兵と高津上等兵が先回りしてふたりを捕らえた。錯乱する女房とは対照的にイシマツはその時点で観念を見せたらしい。悲鳴を上げかねない女房をなだめもしたようで、ある程度の予期はしていたものと思われる。

「扶綿さん、通訳に徹してください。いいですね」

今さらながらに釘を刺したあと副官はイシマツに問うた。

「どこへ行くつもりだった」

副官とも依井とも目を合わせずイシマツは無言を返した。その気になれば異人の心に土足で踏み込める通訳は思えば残酷な存在だった。

「イシマツ、答えろ。黙ったままでは心証が悪くなるだけだ。殺された村長が華僑であることは分かっている。その女房の逃亡に手を貸す人間がどのような嫌疑をかけられるか君にも想像がつくだろう」

「どのような嫌疑がかけられるのですか」

「スパイだ」

顔をこわばらせる華僑の女房をイシマツは目の端で追っていた。女房に同情する向きの代表がおそらくはイシマツだった。

「嫌疑を拭えないとどうなりますか」

「憲兵を呼ぶことになる」

「では呼んでください」

そもそもが言い訳の似合わない男である。命に見切りをつけ、口調はおだやかだった。村を思い、その村をまとめるオーマサを助けるひとりという点では確かにコマサと同じだろう。決定的に異なるのが胆力である。イシマツにはうろたえる様子がまるでなく、うろたえまいとの努力すらうかがえなかった。

副官が通訳を疑うのは二度目である。「憲兵を呼べと言っている」と重ねれば、まじまじとイシマツを見つめた。

「憲兵を呼べば君はそれまでだ。誤解であればわたしも寝覚めが悪い」

なぜ逃げようとしたのかとの質問がかけられた。「怯える奥さんを見るに堪えませんでした」とイシマツは答えた。亭主が殺されてからずっと怯えていた。このままでは心を病みかねなかった。かといって誰が殺したのか分からず相談できる相手もいない。よって村から連れ出すよりなかったとのことだった。

きっかけひとつで錯乱しかねない気配のまま女房はやりとりに反応していた。イシマツにかけられる嫌疑を理解していながら驚いた様子はなかった。副官としてはそれで充分だったろう。近見崎上等兵を呼ばわり「女房を隣へ移せ」と指示した。

そこからが本当の尋問だった。副官は口調を平素のそれに改めた。

「イシマツというあだ名の由来を知っているか」

清水の次郎長のおおよそが語られ、頼りになり信を置かれる子分として森の石松は大変有名であるとくくられた。

「つまり賀川少尉はそれだけ君を買っているのだ」

補足を加えながら訳す依井と副官をイシマツは交互に見た。表情は動かなかった。不遜というわけでも不敵というわけでもない。すべての感情が封じられていた。

もとより、あだ名の由来になど関心はなかろう。脈絡すら無視してコマサのそれと同じ要求を口にした。

「通訳のマスターとだけ話をさせてください」

「ならん」

そこで屈しないところにもオーマサの右腕となるだけの胆力が表れていた。一度目をそらしたあとイシマツは繰り返した。

「わたしは通訳のマスターとだけ話をしたいのです」

不穏なものを感じないわけにはいかず「扶綿さん、ちょっと」と言いつつ副官は天幕を出た。

カンテラをそばの枝に吊して近見崎上等兵が立哨についていた。よくできた兵隊はいつでも察するのが速く、無言のうちに距離が取られた。

「死の覚悟どころではありません。イシマツはもう死ぬ気でいます。他に手段がなければ舌を噛み切るでしょう」

同感だった。オーマサを守ることがイシマツにとっての第一義である。捕まったことですべての罪を負おうとしていた。

「かたくなにしてはうまくありません。そのうち自分が華僑を殺したと主張して譲らなくなるでしょう」

副官は腕時計を見た。村が眠りから覚めるまで五時間ほどが残されていた。

「女房の聴取を先に終えてしまいましょう」

女房の天幕には高津上等兵が立哨についていた。歩み寄れば入り口が即座に捲《まく》り上げられた。

切り崩しが楽であるだけに言い逃れをこころみてくれたのはありがたかった。逃げようとした理由を尋ねる副官に「逃げるつもりなどありませんでした」と女房は答えた。ではどこへ行くつもりだったのかと問われるとたちまち目を泳がせた。

「山へ芋を掘りに行くところでした」

「なぜ夜中に行く」

「思い立ったからです」

「道具はどうした」

さらにいくつかの質問をかけられるとすっかり黙り込み、女房は顔も上げられなくなった。正直に語れば殺されるとたぶん信じていた。「亭主は重慶軍の手引きをしていたのだろう」との指摘を受けて体を震えさせ始めた。

落ち着かせるべく依井は言葉を尽くすことになった。思えば不憫《ふびん》な女である。華僑と所帯を持っていなければヤムオイ村に来ることもなかったろう。亭主が殺されて以来あるいは身の上を呪いもしたのではなかろうか。自分は普通のビルマ人だと繰り返した。

「では身の上を少し話してみなさい。普通のビルマ人ならば話しても構うまい。黙っていても憲兵が乗り出してくれば分かることだ」

女房は落涙した。その弁はコマサから聞いていた内容の補足になった。

日本軍が北部シャン州に迫り、支那食堂を経営していた亭主は撤退する重慶軍に請われて炊き出しをした。その時点で取るべき道は決まったも同然だった。重慶軍兵士の語る日本軍の行いからしても留まるのは危険と判断された。重慶軍に対する食の提供は日本軍から見れば利敵行為である。

　重慶軍は時間とともに統率を崩し、敗走の度合いを深めていた。山道へと入る比較的まともな一団に夫婦はついていくことにした。怒江を渡って支那まで行くつもりだった。

　山道は過酷だった。支那兵たちに置いて行かれ、気ばかりが焦り、日没を迎えたあとはカンテラを頼りに這うようにして進んだ。そうしてヤムオイ村を間近にしたところで女房は足をくじいた。体力はすでに限界だった。進むほど道が険しくなることも分かりきっていた。怪我以前に女房は気力を失っていた。

　華僑が交渉した結果、匿ってもらうことになった。戦火を避けて山に逃げ込んだビルマ人は多い。街道沿いでは特にその傾向が強かった。身分を隠して前線が過ぎるのを待つのがいいと女房は考え、華僑も最終的には同意した。

　ところが前線は留まった。ヤムオイ村に現れた日本軍は警備駐屯に入った。

　華僑に言われるまま家の一軒に身を潜めた女房は日本兵との接触を持たぬよう努めた。相談事などの必要から賀川少尉が訪ねてきたときだけ愛想を見せていればよかった。警備駐屯が終わるまでの二か月ほどの間ずっとそうしていた。

「亭主はいつ頃から支那兵と接触し始めた」

「わたしは何も知りません。本当です。わたしはただ暮らしていただけです」

うすうすは気づいていたとしても知らないというのは嘘ではなかろう。そうした場面を華僑が見せるとも思えなかった。

女房が認めたのはときおり現れる行商人と亭主が会っていたことだけである。賀川小隊が撤収したあとの分哨はそのためにこそ維持されていた。連絡が来るたびに牛車道までわざわざ出ていったという。重慶軍にとってのヤムオイ村は街道への足がかりであり情報の中継地だった。

華僑の行いを承知していながら関わらずにいたのは他の住民も同じである。警備隊に対するよそよそしい態度は罪悪感のためでもあると依井は理解した。

副官はまた腕時計を見た。

女房の処置もこうなるとむずかしかった。華僑が殺された上に女房が消えれば住民はどう考えるか。賀川少尉が入院したことで警備隊は性格を一変させ、あげく敵性の人間を始末したと判断されかねなかった。

それは華僑が語ったという非道な日本軍の姿となんら変わらない。部外者といえども女房はビルマ人である。警備駐屯を維持するならどうにかして村へ戻さねばならなかった。

「亭主が殺されたとき声なり音なりを聞かなかったか」

「聞いていません。わたしは何も知らないのです」

亭主が戻って来なかった。厠へ行ってみると死んでいた。あまりのことに記憶もあやふやで、人が集まる様子すら女房はおぼろにしか覚えていなかった。

ではなぜ日本軍のしわざとみなしたのかとあえて質す副官には虚をつかれたような顔を返した。日本軍が来て殺されたから日本軍が殺したと思った。華僑がまぎれ込んでいるとの情報をどこかでつかんだから駐屯が始まったとも想像した。自分も殺されると思うと怖ろしくてならなかったとの説明がなされた。

副官にしてみればそうした確認は下準備でしかなかった。間を計っていたかのような質問がすぐにかけられた。

「村長のしわざかも知れない。そういう想像もしていたのだろう。だからこそ家に閉じこもっていたのだろう」

女房はうつむいた。「どうだね」と問い重ねられ、やがて重々しくうなずいた。

ずいぶん前ではあるが、華僑とオーマサが家の裏で言い争っているのを見たことがあるという。村を乗っ取られたあげく災いの種を増やされてはオーマサの募らせる焦燥感は尋常ではなかったろう。その気持ちが分かるだけに女房も心中は複雑であったようだった。

村を出ようと一度持ちかけたこともあるという。重慶軍への協力を惜しまない亭主をいくらか怨嗟《えんさ》もしたようだった。ビルマ人の気質からすれば恩を仇で返すのは耐えがたいことでもあった。

「殺される恐怖もありましたが、これ以上ヤムオイ村に迷惑をかけたくないとも考えていました。だから逃げることにしました」

「どこへ逃げるつもりだった」

「決めていませんでした」

イシマツが手を貸してくれるなら山を抜けられる。女房の頭にあるのはそれだけだった。なんとか牛車道まで出れば街道にもいずれは出られる。ゆえに荷物も持たなかった。

「パゴダ参りに行くと言えばどこの村でも食と宿を提供してくれます。とにかくヤムオイ村を出てしまえばどうにかなると考えていました」

「イシマツの案内に不安はなかったか」

巧みに言葉を選んだ副官に女房は質問の意味を履き違えた。

「山にはよく行っている若者ですから不安はありませんでした」

「月光はあっても山の中だ。怖ろしくはなかったか」

「支那兵のいないことは確認したと聞きました」

家にこもり、親しい婦人しか寄せ付けずにいた女房がなぜイシマツの案内を受けたのか。イシマツが家を訪ねたのならば、なぜ声に耳を傾けたのか。オーマサをも疑っていた女房がなぜイシマツにしたがうのか。イシマツとふたりで山へ入ることがなぜ怖ろしくなかったのか。殺される不安をなぜ抱かなかったのか。

疑問のすべてがひとつの事実を裏付けていた。

「オーマサの指示を受けてイシマツは動いたのではないか。そういう疑いをなぜ抱かなかった」

はっきりと指摘されて女房は初めて顔色を変えた。それこそ日本軍に知られてはならぬことだろう。

女房がイシマツを信用する理由はひとつしかない。支那兵だからである。

7

華僑《かきょう》が村長になりすましていることを知れば重慶軍は必ず兵隊を送り込む。華僑の手足とさせ、軍事面での助言をさせ、かつ心変わりを抑止するために送り込む。むろん早いに越したことはない。住民と日本軍に距離のあるうちであらねばならない。重慶軍は即断しただろう。

送り込まれてきたイシマツは華僑の庇護のもとで賀川少尉の信用を得るべく努める。かといってみずからそうした行動を取れば目立つ。華僑のそばを離れず、賀川少尉が訪ねてきたときだけ助役のごとく振る舞う。イシマツがイシマツたる理由がそこにある。

イシマツを正面から見据えて副官は告げた。

「便衣をまとっての軍事活動が禁じられていることを知らぬわけではあるまい。お前のやったことはどこの国であっても処刑を免れない行為だ」

重慶軍における人選経緯は想像するよりないとしても、ひとつの賭けであるからには摘発時の対処も考えられただろう。いざとなれば舌を噛み切るくらいの資質を持った人間が選ばれたのである。

「お前も分かっているだろうが華僑を殺したのはオーマサだ」

そのおりに見せたイシマツの反応は表現がむずかしい。疲れが増したような気配がかすかに放たれ、カンテラに淡く照らされる横顔には煩わしげな色がよぎった。

杉山准尉の勘は当たっていたことになる。敵性住民どころか敵兵が村に暮らしていた。それでいながら出発点がまったく違っているのだから不思議と言わざるを得なかった。

賀川少尉を殺したのはイシマツではない。ビルマ人に化けた上であだ名をつけられるほどの信頼を得た支那兵にとって賀川少尉は守らねばならない対象である。身を挺してでも守らねばならない対象である。華僑ともども絶対に守らねばならない対象である。

華僑が殺された時点でオーマサのしわざとみなし、イシマツは苦労がつぶされたことを認めただろう。警備隊の駐屯開始を機に災いの排除が始まったと考えぬはずがない。増加分哨《ぶんしょう》の撤収を待っていたのはイシマツのほうである。

「なぜ村長がそんなことをするのですか」

「分かり切っている話だ。村を復元するためだ。華僑も女房もお前も部外者だ。重慶軍につながる厄介者だ」

「わたしにはよく分からない話です」

とぼけている雰囲気すらなく、その胆力には舌を巻く他なかった。副官は退路の封鎖にかかった。

「日本軍のしわざに見せかける以外に重慶軍の手を断ち切る方法がオーマサにはない。華僑を匿《かくま》っていた事実を日本軍に隠したまま華僑を始末せねばならない」

「あの村長にそんな無体なまねはできません」

「華僑が殺されればどうしても疑いは日本軍に向く。事実、なんの証拠もなく住民の多くがそうみた。重慶軍が同じようにみるのは考えるまでもない。ならば村が敵視される恐れはない。日本軍が間抜けでないと認識した重慶軍は村に近づかない」

かたや日本軍は支那兵のしわざとみる。日本軍への協力姿勢が敵視されたがゆえに殺されたと判断する。そうした判断がなされずとも構う必要はない。日本軍はいずれまた撤収し、その後はせいぜい巡回が行われるだけである。

　総じてオーマサにとってはすべての面で満足できる。部外者が消え、日本軍にも重慶軍にも疑われず、なおかつ両軍ともが村から距離を取る。ヤムオイ村はかつての姿を取り戻す。

「やるなら今しかない。そろった条件と予測される結果を勘案すればオーマサが動かぬはずはない」

「すると村長はどうなるのですか。上條チジマスターは村長をどうするつもりですか。憲兵に突き出すのですか」

「お前は質問できる立場ではない。便衣をまとった支那兵には言い逃れの余地もない。我々がどう処置しようと文句を言えない」

「我々ではないでしょう。すべてはあなたの胸三寸なのでしょう。だから憲兵も呼ばないのではありませんか」

　命を捨てた者は強かった。副官の目を直視してイシマツはまた要求した。

「通訳のマスターとだけ話をさせてください。通訳のマスターをどうこうするつもりはありません。日本の軍人には聞かれたくない話をしたいだけです」

「イシマツ、お前が言ったとおりだ。お前の処置はわたししだいだ。要求など二度とするな」

「ではわたしはもう何もしゃべりません」

副官が時間を気にかけていることも、村に立つ波風を抑えたがっていることも、イシマツは明らかに見抜いていた。自分が口を割らぬ限り日本軍はすべてを推測に頼るしかないともむろん承知していた。

通訳に徹するよう釘を刺されたことを意識はしたものの依井としては指摘しないわけにはいかなかった。

「イシマツのほうが有利だよ。どうだろう、ここはひとつ言うことを聞いてみては。イシマツには蛮行に出る雰囲気がない」

日本の軍人に聞かれたくないという話に興味をそそられたわけではない。強い心と思慮深さをあわせ持つ支那兵と直接話をしてみたいと純粋に思った。

これもまた戦における若者のひとりである。それでいながらイシマツは、なおも助役として尽くしているように感じられてならなかった。オーマサに対する副官の疑念を嫌悪しているようにすら見えるのだった。

重要なのは賀川少尉が殺された理由であり、その背景である。すべてをオーマサのしわざとするにはどうしても無理がともなう以上、副官も最終的には折れるしかなかった。「なにかあったら迷わずに呼んでください」と天幕を出ていった。

捕らえられたおりに身体検査を受けていることは考えるまでもない。イシマツが飛びかかってきたとしてもひととき凌げれば事は足りた。

「軍人の身なりで拳銃まで携行していれば将校と間違われて山から狙撃されかねません。通訳のマスター、警備隊はあなたを囮《おとり》にしているのではありませんか」

内紛を焚き付けているのだとすれば率直にすぎたが、住民になりすました支那兵としては一度は口にすべきことだろう。ヤムオイ村と警備隊の距離が開いた陰にはきっとイシマツの努力もある。

「山の捜索を案内したのは君自身ではないか。支那兵の逃げた跡を君も見たのだろう」

「見られては困る地点の案内は避けたのかも知れませんよ」

「捜索班は君に出し抜かれるほど馬鹿ではないよ」

狙撃自体が簡単ではない。風のない日中、充分な射撃姿勢を取れ、対象物が動かずにいる必要がある。戦地においてそれらはまずそろわない条件と言っていい。千メートルを超えるような狙撃事例がまことしやかに語られるのは極めて珍しいからであり、ひとことで言えば非現実的だからである。

「あなたは不思議な人ですね」

なんのつもりかイシマツは畏敬の念のこもる表情を作った。

「戦争で若い日本兵が命を落としているからには安穏としている気になれない。そういうことですか」

「わたしのことはどうでもいい。質問をしたいのはこちらなのだ」

「通訳のマスター、逃げるのを手伝ってくれませんか。いえ手伝う必要はありません。三秒ほど背中を向けてくれれば結構です」

天幕の裾からそっと抜け出す。拳銃を奪われたあげく脅されたことにしてほしい。真剣みの感じられない口調でイシマツはそんなことを言った。民間人ににわかに拳銃など渡しては危険極まりなく形ばかりの所持だと分かっているのである。すなわち依井を試しているのだった。

「立哨がついている。上條チジマスターも聞き耳を立てている。逃げようとしたなら射殺されても仕方がないぞ」

「立哨は物音さえしなければ定められた位置を動きません。日本の将校ともあろう人が盗み聞きなど恥でしかないでしょう」

「君は物事を都合よく考えすぎだ」

弾の入っていないことを告げれば、やはりそうですかとの顔が返ってきた。

「つまりそういうことなのです。上條チジマスターにしてみればわたしが死ねば話は早いのです。拳銃を奪うなり逃亡をはかるなりしてくれればありがたいと考えているのです。だからしぶしぶを装って折れたのです」

その正誤の判断はつかなかった。正しく言うなら判断したくないことだった。

イシマツのほうが一枚上手であるような気がした。不信を少しでも買えば二度と口を利いてもらえまいと依井は心に定めた。

「実は通訳のマスターに訊きたいことがあったのです。あなたはいつ警備隊に配属されたのですか」

「それは情報の収集とみなされる」

「逃げられないならどのみち死ぬだけです。教えてくれても構わないでしょう」

「君は重慶軍の命令でヤムオイ村に潜伏したのだろう」

「それがどうしたというのです。通訳のマスター、あなたにその気がない限りわたしはどうせ逃げられないのです。わたしが受けた命令をいま確認したところで意味はないでしょう」

開き直りにしてもあけすけだった。華僑の女房を多少なりとも不憫に思っているならイシマツも時間は惜しかろう。不意に頭を下げたかと思うと真剣な面持ちを向けてきた。

「通訳のマスター、あなたの質問には可能な限りお答えします。ですからあなたのことを教えてください。あなたは警備隊では唯一の民間人です。あなた以外の誰ともわたしは話したくありません」

「いいかねイシマツ、わたしは君から聞いたことを包み隠さず上條チジマスターに話す。民間人であろうとわたしは日本人だ。重慶軍に利するようなまねは絶対にしないよ」

「結構です。あなたが話すつもりでいるなら一向に構いません。それが民間人の判断である以上は尊重します。あなたはいつ警備隊に配属されたのですか」

シャン語の理解度はともかく副官が聞き耳を立てる姿は想像できなかった。にもかかわらず、ためらいを振り切るのは容易でなかった。

「村に入る前日だ」

「編成から一日で村まで来たのですか」

そこまでのにわか編成とは想像もしていなかったとイシマツは唖然《あぜん》とした。

「では、その一日の間に兵隊とどんな話をしましたか。自己紹介以外で」

「何も話していない」

「まったくですか。賀川チジマスターとも口を利いていないのですか」

「編成完結とともに行軍してきただけだ」

「行軍の間に言葉のひとつも交わしたでしょう」

いかなる理由があって隊での会話を知りたがるのかまったく見当がつかなかった。重慶軍にとって有益な情報がそこにあるとも思えなかった。

「賀川少尉がわたしを気遣ってくれた」

「どんな風にですか」

「荷物を兵にあずけてはどうかとか、そういったことだよ」

イシマツは満足げな気配でかすかにうなずいた。ヤムオイ村への潜伏後は目立たぬことを心がけて賀川少尉に近づいただろう。その過程で人となりを把握していないわけがなく、いかにも自分の記憶を掘り返していた。

「通訳のマスター、あなたから見て賀川チジマスターはどんな少尉でしたか」

「普通の青年将校だ」

「普通の青年将校とはどういう意味ですか」

「そのままの意味だ。下の者に目を配りつつ自己の責任のまっとうを目指す。青年らしい実直さを持つ将校だ」

「そうでしょうね。一日の付き合いではそういう少尉に見えたでしょうね」

相変わらずの落ち着きとあいまってイシマツのシャン語は極めて流暢《りゅうちょう》だった。ヤムオイ村への潜伏目的はむしろそこにあったのではないかとの想像をさせられるほどだった。

「あなたが賀川チジマスターを普通の青年将校ととらえていたのでしたら、これは大変なことです。それなりに年を重ねた人ですら及第点をつけていたわけですから警備隊の兵隊はみな同じようにみていたのでしょう」

「だとすればなんだと言うのだね」

「誰ひとりとして幸運に気づいていないことになります。軍隊の酸いも甘いも知っていそうなあの准尉ですら純粋に賀川チジマスターを悼んでいることになります」

天幕の外には虫の音だけがあった。

宿舎群にはほとんどの兵隊が眠り、ヤムオイ村には百五十名からの住民が眠っている。その事実を依井は強く意識した。意識しなければ天幕の内側にのみ時間が流れているような錯覚を起こしかねなかった。

聞き捨てならないイシマツの言葉が思考をもつれさせ、同時に狼狽《ろうばい》の自覚をうながされた。賀川少尉が二度と人々の前に現れないことをイシマツは知っている。それこそ依井の反応をうかがいつつしゃべっていたのではなかろうか。

軍人が民間人を観察するように民間人は軍人を観察する。日本人が支那人を観察するように支那人は日本人を観察する。イシマツはビルマでは滅多に見ることのない日本の民間人を観察していた。

「……君が殺したというのか」

少なくとも賀川少尉の死を知っている。その上でイシマツは依井たちを観察していたことになる。警備隊において死が伏せられていることも知っている。この天幕に入れられるおりには事実を知る者の数もおおよそ把握している。

「そうです。賀川少尉を殺したのはわたしです」

その事実を告げておかねば死んでも死にきれない。イシマツの目にはそんな思いがのぞいていた。

「もちろんあなたの倫理観においては許されることではないでしょう。ですが少しだけ立場を逆にして考えてみてください。二度と訪れない好機が巡ってきて、それでも行動を起こさずにいられるものでしょうか」

・

信じるわけにはいかない自白は不気味なほど滑らかに続いた。

「殺すのは造作もないことでした。夜の闇と厠の壁に身を潜めるわたしに賀川少尉はまったく気づきませんでした。人間とは実に簡単に死ぬ生き物なのです。声のひとつも立てず、動脈から血を噴き出し、膝から崩れ落ちました。おかげでわたしは服を汚してしまいました」

カンテラを手に厠を出た賀川少尉は何も分からぬまま事切れた。無意識のうちに依井はそこに救いを見いだそうとした。一個の死として考えれば幸せなことに違いなかった。

自宅近くのクリークで服を洗ったことが語られ、賀川少尉の死は自業自得であるとの主旨の言葉が並べられた。命を捨てた者の声をイシマツは維持していた。

「もしわたしの行いが悪いというなら、わたしもいずれは何かしらの報いを受けるだけです」

謀《たばか》りの感じられないことが奇怪だった。死に値する行いを賀川少尉が働いているはずなどなく、その死が自業自得であるはずもない。イシマツは徹底して事を偽るつもりでいると位置づけるしかなかった。

「賀川少尉を殺す理由など君にはない。あだ名をつけられるほどの信頼を君はいったいなんのために勝ち取ったのだ」

「仇だから殺したのです。それだけですよ」

言葉の応酬を嫌っているようにも見えた。イシマツはたぶん過ぎていく時間を依井以上に意識していた。「なんの仇だ」と問えばもどかしげに答えた。

「友の仇です」

私怨。

思い当たるのは賀川小隊が行った討伐だけだった。戦闘の結果であろうと親しい者を失った人間には関係がないという意味でしかなかった。

それもまた信じるわけにはいかないことだった。もとを正せば駐屯地に対する銃撃がきっかけであり、そもそもが戦のことである。戦に私的な感情をはさんだあげく凶行に出るなど、村への潜伏を命じられるほどの支那兵にはそぐわなかった。

「村に暮らしていようと君はあくまで重慶軍の命令で動かねばならなかったはずだ」

「二度と訪れない好機を逃すわけにはいきません」

「我々が村に入ったとき君はいなかった。警備隊の指揮を執っているのが賀川少尉であることをいつ知ったというのだ」

「華僑が教えてくれたのです。当たり前ではありませんか」

「それは兵士としての自覚を示している。何かあれば華僑と連絡を取るべく心がけていた証だ。君は自己の感情で行動する人間ではないということだ」

「理屈で否定しても仕方がありませんよ」

人間は機械になれない。二度と訪れない好機を前にして感情を封じていられるほど自分は強くないとの主張がなされた。

これはやはり村の安定を図りたい助役でしかないのではないか。そんな思いすら抱かれて依井の思考は再びもつれた。ではなぜ賀川少尉の死を知っているのかとの疑問がそれに拍車をかけた。

「ならば訊こう。我々が村に入ったとき君はどこで何をしていた」

「自分の家にいました。じっとしていました」

「日本軍が現れたと連絡するために村を出ていたのだろう。華僑の指示で」

「そんなことをする必要はありません。山に監視哨があったのですから。目的の半分は村から注意をそらすためですが」

出ていって七か月ぶりの再会をせねば賀川少尉に不審がられる恐れがある。それを承知で家にいるなどいかにも不自然だった。

「いいかねイシマツ。上條チジマスターを外させた上で嘘を並べるならこんな時間は無意味だよ。通訳を相手に君は何が言いたいのだ」

「賀川少尉を殺したのはわたしだと言いたいのです」

「任務の必要とは別にオーマサをかばわねばならない理由があるということか。村で暮らすうちに心まで助役に染まったということか。我々からすれば極めて滑稽な話だ。オーマサはきっと君をも殺す気でいるぞ。それを君も承知しているはずだ。だから分哨の撤収を待って逃げると決心したのだろう」

焦りのためか、イシマツは見るからに気が急き始めていた。

「とにかくわたしは家にいたのです。華僑の指示でじっとしていたのです」

華僑と支那兵を抱え込む村の全体が再び現れた賀川少尉を恐れた。口を利かぬようオーマサは注意喚起して回り、住民を警備隊に近づけぬよう努めた。しかし安心にはほど遠い。日本軍の不在間、おそらく重慶軍はいっそうヤムオイ村に食い込んだ。村を探られるうちに何が摑まれるか分からない。七か月前を知る賀川少尉が一刻も早く消えてくれることをオーマサは願わずにいられない。

同じ思いの住民も決して少なくはなかったろう。翌日から巡回が始まることは分かりきっている。しかも通訳が同行する。山の捜索も始まる。村を案ずる者ほど焦慮にかられる。

イシマツはやはり依井の観察を続けていた。村全体の共謀にまで想像が膨らんだとき制するように言った。

「わたしは自分の意志で殺したのです」

「むしろ君だけは殺さないよ」

あだ名をつけられるほどの信頼を勝ち取っておきながら殺す。その不利益すら顧みられないほど大きな仇討ち意識を本当に持っていたのならば去年の段階で殺していなければおかしい。

やはりオーマサなのである。

その気はなかったとはいえ重慶軍に通じる結果になった村を悟られるわけにはいかない。村を守るために彼は鬼とならざるを得ない。なにより華僑を排除するにはまず賀川少尉に消えてもらわねばならない。華僑を村長と信じ、さらには住民の手前がある以上、賀川少尉はまた討伐に出かねない。

「通訳のマスター、それではお尋ねします。賀川少尉が殺されたことをなぜわたしは知っているのですか。たとえ村全体の共謀であったとしてもあなたの理屈で言えばわたしに教える者はいないはずでしょう」

天幕越しに「扶綿さん」という声がし、入り口が静かに捲《まく》られた。不安が高まったわけではなかろう。副官が気にしているのはあくまで時間である。あの女房を村に戻したがっているのは誰もが同じだった。

もう少し静観してほしいと返せば副官は不思議なほどあっさりと引き下がった。ただし、その直前イシマツへ向けられた目には心を射貫くような鋭さがあった。

「シャン語はほとんどできないとしても上條チジマスターはやりとりをだいたい承知していますね。急な事態に駆けつけてくる将校なのですから当然でしょうが抜かりのない人です。警備隊が連隊での編成ならば普段は副官でも務めているのではありませんか」

無言を肯定と解釈してイシマツは「やはりそうですか」と天幕の入り口を見た。なんの意味があるのか、軍隊に属する人間のありようをそれから語り始めた。兵隊は誰しもが心のどこかで死を覚悟している。通訳が仕事の軍属も基本的には同じで、つまり依井も兵隊と同じ心でいるという指摘だった。

「ならば、あなたもあの副官に観察の目を向けていたはずです。副官はあなたにとっては指揮官に等しい。少なくともわたしがあなたの立場であったなら必ず観察の視線を注ぎます。信を置いていい相手かどうか見極めようとします」

何が言いたいのかと問う暇もなくイシマツは冷ややかに質《ただ》した。

「あなたは副官の言動にひっかかるものを感じませんでしたか」

迂闊《うかつ》に口を開けば何を探られるか知れなかった。内紛を本気であおっているとも解釈でき、その場合は逃亡の意志も冗談ではないと考えねばならなかった。

観察は続いていた。イシマツは言葉の端々に餌を撒き、依井の反応を確かめていた。そのためにこそ言葉は吟味されていた。

「あの副官は当然かつての駐屯を調べたでしょう。賀川少尉がダアで殺されたからには村との間に悶着でもあったのだと考えないわけにいきません。ではその最も手っ取り早い方法はなんでしょうか。言っておきますが記録にあたっても無駄ですよ。適当に改竄《かいざん》されるものだとあなたも承知しているでしょう。賀川少尉のことにしても戦死として処理されるのが当たり前で、だからこそあなたはなんの疑問も抱かずに警備隊の通訳を続けた。違いますか」

本人の名誉もあれば内地の家族の生活もある。賀川少尉は戦死であらねばならない。戦の中で死んだ者はみな戦死とされなければ浮かばれない。イシマツはそうした配慮をあざわらった。

「死者をおとしめまいと貴重な教訓に蓋《ふた》をする。まったく愚かな行為です。もちろん副官は記録の類に目を通したでしょうが、それでよしとするわけがありません。どこの国の軍隊であろうと、そこまで愚かな人には副官など務まりません。賀川少尉がかつて属していた隊に足を運び、ヤムオイ村での駐屯をともにした部下から話を聞いたはずです」

そうしたことを一言も口にしていない副官をも見抜いている口調だった。副官の言動にひっかかるものを感じていた依井のこともイシマツは確かに見抜いていた。あるときを境に副官が依井との距離を取ったのは事実である。

「副官がどのように考え、どのような話をあなたにしたのかは知りませんが、ひとまずその内容は忘れるべきです。通訳のマスター、賀川少尉を殺したのはわたしです。わたしがひとりで殺したのです。村長をはじめとした村の人々は一切関与していません。一切知りもしません。殺害の状況を詳しく言いましょう」

林における厠の位置、宿舎群からの距離、殺害に至ったおおよその時刻、傷の深さ、亡骸《なきがら》の姿勢などが語られた。そのことごとくが依井の見た光景と合致していた。誰かに吹き込まれた様子も用意されていた様子もなかった。

「言うまでもなく華僑を殺したのもわたしです。あの夜、男たちと分哨に配置されたあと、わたしはあくびを嚙み殺すのに必死でした。疲れも溜まっていましたし夜の冷気もこたえました。山からおりてきた支那兵のしわざだと分哨の兵隊は強調していましたが、村の男たちの意見は分かれていました。日本軍のしわざと見る向きがすでに半数を占めていました。それだけ日本軍に後ろめたさを感じていたということでしょうが」

意見の違いは内紛を招く。態度をはっきりさせねば両方から敵視されると多くが恐れる。日本軍を疑う向きは、すなわち重慶軍側につくべきだとの意見の持ち主である。イシマツの存在がある限りその流れはまず止めようがなかった。

「なぜ華僑を殺す必要がある」

「順を追わねばあなたには理解がおよばないでしょう」

重慶軍というものに対する認識を改めねばならなかった。いま確認すべきことは何かと依井は自身に問うた。

華僑を殺したという言葉の真偽である。賀川少尉の殺害と同様、ヤムオイ村に潜伏している支那兵が華僑を殺す理由となれば個人的な私怨でしかあり得ないからである。

「どうやって殺した」

その質問が正しいというようにイシマツは背筋を伸ばした。

「華僑を殺すのは賀川少尉を殺すのより楽でした。連絡があるときは厠の前で待つことになっていたからです。村の者にも奥さんにも密談現場を見せない慣わしでした。賀川少尉の死を知らない以上、華僑には警戒する理由もありません。わたしに気づくと階段を降りてきました。目が足元に向いている間にわたしはダアを抜き、目が上がると同時に斬りつけました」

話の内容にかかわらず声音に変化はなかった。亡骸が仰向けであったこと、口を開けたままであったこと、豚の飼育場に頭が向いていたことなどが付け加えられた。

「通訳のマスター、考えることはいろいろあると思いますが今はただわたしが殺したことを認めてくれれば結構です。さしあたって、わたしの説明を否定できる材料はないでしょう。ならばそれでいいのです。わたしがふたりを殺したのです」

「なぜすぐに殺さなかった。なぜ中一日を置いた」

それは、すっかり忘れていたごくささいな疑問だった。イシマツが事を偽っているならば予測が利かないはずだった。

返ってきたのは迷いのない即答だった。

「山の監視哨が撤収されない限り華僑の殺害が気取られかねないからです。さらには逃げようがないからです。捜索行に出た人間の中で捜索に最も熱心だったのは間違いなくわたしです。支那兵の消えた監視哨を確認したときの安堵は言い表せません」

すでに心の余裕は失われていた。偽りであるはずの告白のどこにも否定材料を見いだせず、依井の心臓はただ鼓動を速めた。

「なぜそうまでして殺す必要がある」

「通訳のマスター、その前にもう一度お願いします。わたしの逃亡に目をつむってください」

それが依井のためだと言っているような切実な声だった。イシマツはまた深々と頭をさげた。

「わたしは逃げねばならないのです。わたしがこのまま日本軍に連行されたら、この件に関わるすべての人間が不幸になります。ヤムオイ村も警備隊も不幸になります。ふたりを殺したわたしは通訳を殴り倒して逃亡した。それが最善なのです。軍人ではないあなたに累が及ぶことはありません。責任を問われるのはあの副官です」

拒絶すれば厄介を招きかねない気がした。イシマツにはなぜか助役の誠実さしか感じられず言葉にははったりの響きがなかった。軍属というものに対する指摘も当たっている。通訳をこなすうちに依井は軍隊に適応した。適応できなければ体が悲鳴を上げていただろうし、心の面でもそれは同じだろう。

逃げるのが最善と言うなら、きっとその通りなのである。イシマツは明らかに拒絶されることを承知ですがっていた。それが依井に覚悟を迫る唯一の手段だと判断しているからでしかなかった。

「なぜ華僑を殺した。言え」

「通訳のマスター、ではまたひとつお尋ねします。わたしがヤムオイ村に潜伏したのはいつだとお考えですか」

「華僑を殺した理由を言え」

「わたしがヤムオイ村に潜伏したのはいつだとお考えですか」

悪い予感ばかりが込み上げてならなかった。道を誤った感触がありながら引き返す勇気がなかった。「戡定《かんてい》作戦中だ」と応じる一方、そこに噛み合わない事実のあることはすでに理解していた。「わたしがヤムオイ村に送り込まれてきたのは七か月前です」との明言がなされたとき、そっと息を呑んでいた。

「あなた方が現れた日、だからこそわたしは隠れねばならなかったのです。あなたの言うとおり重慶軍への連絡のために走っていたのだとしても、それはそれでおかしいでしょう。わたしの不在を賀川少尉はいぶかるはずです。助役がひとり足りない。あだ名をつけた助役のひとりが見当たらない。そんな発言を賀川少尉は一度でもしましたか。していないでしょう。わたしが送り込まれてきたのは七か月前なのです」

認識と理解を経ても受け容れるわけにはいかない事実がそこには含まれていた。受け容れるわけにはいかない事実はしかし賀川少尉の殺害理由を暗示し、華僑の殺害理由をも暗示していた。

「賀川小隊の駐屯が終わるのを重慶軍は待っていたのです。送り込むなら確実を期さねばならず、かつ早いに越したことはないからです」

唐突にイシマツは重慶軍に対する日本人のあなどりを指摘した。重慶軍が軍隊として劣ることを認めつつも日本は戦争に勝てまいと予見する内容だった。戦争と戦闘の違いが背にされ、日本人と支那人の考え方の違いが背にされ、そのひとつひとつに無視できない説得力があった。

「ヤムオイ村を押さえられたからといって重慶軍は焦る必要がありません。いずれ取り返せばいいのであって、そのための布石を打っておけばいいのです」

戦は続く。

長く続く。

だからこそ重慶軍はイシマツを送り込んだ。

「この七か月間わたしはヤムオイ村の一員でした。ですから否応なく背景を知りました」

賀川少尉とイシマツはいつ接点を持ったのか。

いつイシマツというあだ名をつけられたのか。

賀川少尉はいつイシマツの仇となったのか。

依井の犯した過ちをそれらの疑問は浮き彫りにしていた。同じ過ちは副官や杉山准尉も先日まで犯していた。過ちを犯していることに気づいたからこそ彼らは依井との距離を取った。彼らに過ちを犯させたのは依井である。

「なぜ華僑を殺したのか。端的に言えばあの華僑は人でなしだからです」

匿ってもらいながら村を脅した。あまつさえ重慶軍を引き込んだ。まごうかたなき人でなしである。

問い詰めたのか察したのか、コマサの告白までをイシマツは把握していた。

「村長は賀川少尉との距離が縮むほどに苦悩したでしょう。日本軍のビルマ戡定がなり、華僑の語っていたことが針小棒大であり、もっと言うなら嘘であると確信すれば、その時点で村を取り戻そうと考えたはずです。それこそ早いに越したことはないのですから賀川小隊の撤収を待って華僑を追放するつもりでいたでしょう」

重慶軍はそうしたヤムオイ村の雰囲気もつかんでいた。ゆえに機を失せずイシマツを送り込んだ。華僑が情報を流していたからこそ先手を打てた。

「わたしが村に入ってしまえばあとは簡単です。村長も住民も言葉がありませんでした」

　イシマツの存在は華僑を助けるだけではない。日本軍の非情と非道を証明する恰好の材料である。誰にも覆せない、それは絶対の証拠である。

　あだ名などイシマツにはなかった。

　警備隊が現れてイシマツはまず家に隠れた。華僑がそう指示した。翌日、賀川少尉がマラリアで後送されたことを聞いた華僑はその幸運を喜んだろう。イシマツを日本軍に近づけることができる。山の案内人として即座に紹介できる。

　駐屯地へと向かいながら依井はイシマツが助役であることを確認した。ならばあだ名があるだろうと問うた。

　あのときイシマツには考える素振りもなかった。オーマサ、コマサとくれば次にイシマツの名があがるのは当たり前と言える。

　当たり前と言える。

　日本人ならば。

「通訳のマスター、あなたもよくご存じでしょう。ビルマの人々は友達や知人を大切にします。心がひとたび通えば肉親と位置づけるほど大切にします。風来坊にすら親切を惜しまない。駐屯で見知った異国の兵隊をも家族のように思ってくれる」

　討伐行で三人の兵隊が死んだと知った村長が人目を忍んで慟哭《どうこく》していたことをイシ

マツは後日知った。教えてくれたのはコマサだった。

そのコマサが夕刻に訪ねてきたのもビルマに暮らす者の気質ゆえである。華僑の殺害それ自体はきっと関係ない。警備隊が村に探りを入れている限り、そして密告者の現れる可能性がある限り、イシマツの正体をつかまれる不安が拭えない。

コマサは賀川少尉の死を知らぬまま自身の倫理と判断で勇気を振り絞った。オーマサではなくイシマツを守るために身を挺した。

日本軍にとってのイシマツは生きていることが死に値する人間である。

8

通訳に徹するようここに来て副官が釘を刺したのは、依井が勝手な日本語を口走ることを恐れていたからでしかない。ならば警備隊が村に入って以来イシマツの前でいかなる日本語が交わされたか可能な限り確かめもしているだろう。そのためには杉山准尉の手を借りもしただろう。捜索の案内にも立ったからには補充兵たちの会話もイシマツは聞いている。

外からは虫の音ばかりが届いていた。副官の気配も立哨《りっしょう》の気配も感じられなかった。天幕内にのみ時間が流れているような錯覚を依井は深めた。

「副官ともあろう人が、かつての賀川少尉の部下から聴取しないなど考えられません。戦闘詳報には残らない討伐の顚末《てんまつ》を確認しないなどあり得ません。副官はあなたには伏せているのです」

ヤムオイ村での駐屯を終えたあと賀川少尉は連隊本部付となった。あえて言うなら、それがすべてを物語っていたのだろう。

イシマツの指摘はここでも当たっている。副官は連隊へ戻ったとき土俣に面会している。それでいながらかつての部下と会わないなど考えられない。イシマツなどという助役が存在しないことを確認して戻ってきたのである。

「三名もの兵を失ったにもかかわらず戦果は認められない。確かに小隊長職を外される原因たりうるでしょう。ですがそれだけではないのです。賀川少尉は亡骸《なきがら》を一体収容し損ねたのです。結果として戦闘詳報には戦死三名と記録されているだけです」

戦死者一名の未収容。

第一線に立つ将校として致命的な汚点である。それがいかに恥ずべきことかは通訳にも分かる。内地の人々にも分かることである。

遺骨を家族のもとへ送れない。

小隊長職にある将校は生活指導や身上相談まで行う。兵隊にとって最も身近な将校である。さながら児童にとっての訓導である。命令の結果死んだ兵の骸《むくろ》を戦場に放置するなどあってはならない。

「深夜の牛車道で不意打ちを食った瞬間、賀川少尉は動転したと思います。尖兵を掌握できないとの報告を受ければもちろん手は尽くしたでしょう。強引にでも敵の圧迫に努め、斥候《せっこう》を放っては撃ち合いになるということが繰り返されたに違いありません」

重慶軍が逃げなかった事実は賀川小隊の兵力を把握していたことを意味する。尖兵の収容に努める賀川小隊が無理を続けると踏んでいたとも推測できる。

このままではまた兵を失う。その焦りは賀川少尉を苦しめただろう。敵前でもたもたしている暇はない。負傷兵の手当てと後送もせねばならない。古参の下士官から助言を受ければ結局は退くしかない。

負傷兵を連れての後退はそれひとつとっても容易ではない。後退を悟られれば追撃も覚悟せねばならない。夜が明けるまで兵隊たちは生きた心地がしなかったはずである。

「軍隊は何よりも恥を恐れます。恥をさらすまいと常に努めます。だからこそ賀川少尉が殺害されても戦死として処理したがる。副官がわざわざ乗り込んでくる。そんな軍隊に理解を示す人間であるからこそあなたは通訳をこなせる。あなたは副官からも信頼されている。こうしてわたしと天幕に残されたのはそのためのものです。だからといって軍隊に気を許してはなりません」

それでいながらイシマツは日本兵としての心を捨てきれずにいた。華僑《かきょう》を殺した理由がそれである。苦労を分かち合った友を裏切るまねだけはどうあってもできなかったことになる。

当然、その行動に至るまでは紆余曲折があった。七か月前、イシマツはまずオーマサと華僑に対面させられた。

「夜、人々が寝静まるのを待って重慶軍はわたしを村へ連行しました」

イシマツを見たオーマサは愕然《がくぜん》とした。

「それはそうでしょう。死んだと聞かされていた兵隊がビルマ人の恰好で現れたのですから」

オーマサにとっては賀川小隊の全員が知人だった。華僑に対する反感が日本軍との距離を縮めさせたのはそう考えれば因果だった。

「わたしが生きていたことを喜んでくれましたが思いは複雑だったでしょう。わたしの庇護を要求され、ビルマ人として住まわせるよう要求されれば、もう重慶軍とは決別できないと覚悟もしたでしょう。自軍の情を誇示するようなことも重慶軍は口にしていました」

ヤムオイ村におけるイシマツの生活が再び始まった。住民はみな複雑な表情を隠せずにいた。その時点で内紛の種が蒔かれた。

重慶軍は卑劣かつ怖ろしい。

日本軍は非情かつ怖ろしい。

いずれにつくべきかと誰もが懊悩《おうのう》する。日本軍の厳格さと非情さを示す実例が目の前にあり続ければ村を去った賀川少尉に対する認識も変えねばならなかったろう。

捕虜は存在してはならない。

イシマツはどこにも行けない。

重慶軍は軍隊手帳も取り上げていた。

「通訳のマスター、あなたは軍隊手帳を見たことがありますか。あれは身分証明なのです。軍隊手帳を握っている限りわたしが日本軍に戻れないことを重慶軍はよく知っていたのです」

重慶軍はその弱点を突き、必ず利用する。日本軍に対する極めて大きな武器である。捕虜を取ったと宣伝するだけで動揺を誘える。同時に疑心暗鬼を誘える。郷土編成の日本軍に内側からひびを入れられる。

戦闘に捕虜はつきものである。支那事変のみをとっても何名の日本兵が捕虜となり、重慶軍に利用されたか知れない。その前例を背に捕虜は脅される。宣伝に使うとほのめかされるだけで抗《あらが》えない。

「夜の牛車道でわたしは尖兵のひとりに指名されました。鉄帽に被弾したことで失神し、気がついたときには重慶軍に捕らえられていました」

お前は運がいい。

重慶軍将校はそう言った。割れたイシマツの鉄帽を示して、当たりどころが少し違っていれば突き抜けていただろうと語った。イシマツの覚えた恐怖は戦闘の比ではなかった。

「わたしの町でもすでに英霊の家は珍しくありません。息子が戦死した親たちは、わたしの親にどんな目を向けるかと想像すると早く死なねばと思いました」

死なずともよいと重慶軍将校は言った。明らかに捕虜と接した経験を持っていた。イシマツの軍隊手帳をもてあそびながら、ビルマ人として暮らしてみないかと持ちかけた。自決回避にまずは腐心していたのである。協力しろと言わないところが手管だった。いずれ協力を強いられると分かっていても捕虜はすがる。もしかしたらと心のどこかですがる。

「初日が過ぎるともういけませんでした。わずかばかりとはいえ捕虜になった恐怖が薄れていました」

食事を与えられるたびに死なずにすむかも知れないと考えた。そうして二日が経ち三日が経つと、恥をさらさずに生きられるとの希望を抱こうとしていた。重慶軍は慈悲深いと信じる努力までした。味方に弓を引けと要求されているわけではない。ただビルマ人として暮らすだけだと自分に言い聞かせることになった。

「人はあっけなく死にます。それでいながらなかなか死ねないのです」

自分を恥じるイシマツがヤムオイ村の人々と口を利けるようになるまでゆうに一か月を要した。たぶんにそれも重慶軍の狙いのうちだった。おのずと華僑夫婦の弁ばかりを聞くことになる。民間人であるからには重慶軍に対するほどの警戒心も抱かない。ましてや暮らしているのは山間の村である。時間をかければ心が通う。

華僑の言葉を聞くうちに、イシマツは日本軍がひどい軍隊であるかのような気にさせられた。第一線に立つ兵隊ほど捕虜になりやすい。しかし捕虜を認めない。国のためを思って懸命に戦う者ほど馬鹿を見る。

「わたしが戦死扱いされることはもちろん分かっていました。内地の家族にとっても部隊にとってもそれが最善です。この先どうなるにせよ、わたしが名前と過去を捨てさえすれば丸く収まる。それでいいと思っていました」

ヤムオイ村を重慶軍に傾けるだけではない。シャン語を習得し、ビルマの生活習慣を身に付け、なおかつ日本語を使え、さらには軍隊語や隠語を解する。重慶軍にとってこれほど有益な人材はない。華僑が太鼓判を捺したならイシマツはラシオなりメイミョーなりに送り込まれていたはずである。

「シャン語の上達を華僑に悟られるなというのが村長の指示でした」

シャン語に違和感を残している限りヤムオイ村で暮らせる。その間に村を取り戻す。それがオーマサの強調するところだった。

「華僑に対する村長の感情は憎悪に近かったと思います。もともと村長はそういう人なのです。恩を仇で返して涼しい顔をできる人間に村の空気を吸ってほしくないのです。卑劣な人間に屈したままでいては村の子供たちにも示しがつかないのです」

いかにして華僑を排除し、重慶軍の手を断ち切るか。オーマサはその方法を考え続けた。思いあまれば自分の手で始末しかねないほど懊悩していたという。

一度はビルマ脱出をはかったことが華僑の抗日意識を証明している。日本軍の非道を説くおりには、なりすましを企てていたと考えるべきだった。

「わたしをシャン人にすべく、ひいてはビルマ人にすべく華僑は張り切っていました。そのかたわら村長を通して村を掌握し続けました。わたしの家も住民の手を借りて建てました」

シャン人となることはむずかしくなかった。髪をある程度のばし、すね毛を抜き、ロンジーをまとう。姿形での見分けはそれだけでまずつかない。ヤムオイ村で暮らしていれば生活習慣も身に付く。野良仕事をこなしていれば百姓の皮膚になる。イシマツに課せられていたのは違和感のないシャン語をなるべく短期間で身に付けることのみだった。

「住民の百姓仕事を手伝いつつ毎日華僑の家に通いました。時間があれば必ず来いというのが華僑の要求でした。そうして無駄話を続けるのです。話すことがなくなっても話しました。結果として華僑が村長になりすますに至った経緯も知りました」

時間をともにしていると華僑もそう悪い人間に思えなくなった。村を乗っ取った人でなしであっても華僑の立場で考えればやむを得ないことのように感じられた。女房に至ってはどこにでもいるビルマの婦人でしかない。イシマツがおもむくたびに心づくしのビルマ料理を出してくれた。

「わたしは奥さんの身の上に同情していましたが、奥さんはわたしの身の上にこそ同情していました。流暢《りゅうちょう》なシャン語を身に付けたら密偵としてどこかへ送られるとも察していました。一切疑われぬようにせねばと華僑以上の熱心さでシャン語を教えてくれました」

　同時にイシマツは苦悩を深めるオーマサも見ていた。重慶軍に協力した過去は強いくびきだった。

　種類は異なれど重慶軍にくびきをかけられていたという点でイシマツと村長は同類だった。日本軍にいい感情を持てないという点でも同類だった。日本軍は確かに勇敢である。ビルマを戡定《かんてい》すれば治安維持にも力を尽くす。蛮行を働くような兵隊は処罰する。すなわち厳格である。

「夜の牛車道で尖兵に指名されるほどの兵隊を日陰者にしていいはずがない。厳格は結構だが非情であってはならない。村長はよくそう言ってくれました」

　もとよりオーマサは軍隊そのものが好きになれない。重慶軍に至っては住民の弱味を利用し、ときには工作もする。良心が少しでもあればできることではない。そうした者たちが支配する土地で住民がいかに泣きを見るかは想像するまでもない。

「わたしは村長を心の底から敬いました。敵だの味方だの言う以前に道を外れぬよう努めるのが人間です。そんな当たり前のことをこのビルマの山間で学習させられたのです」

良識はいつでも良心の裏付けなしには成立しない。日本軍の欠点を指摘しつつオーマサは賀川少尉に対する罪悪感を拭えずにいた。駐屯の間ずっと騙していたことに心を痛めていた。華僑は賀川小隊の様子を定期的に流していたはずであり、討伐による悲劇も自分のせいだと一度は詫びたという。

「わたしに親身になってくれたのはそのためでもあったと思います」

そうして半年が過ぎた。

重慶軍は遊撃隊をさかんに放ち始めた。怒江を渡り、山々を越え、方々に展開した。衝突を避けつつ日本軍をかき回していった。

街道へ繋《つな》がる道を日本軍がふさぎたがるのは自明である。ようすれば遊撃拠点を押さえようとする。したがって日本軍が再び現れることを華僑は予期していた。行商人になりすました連絡員からは注意をうながされ、日本軍が討伐隊や警備隊を次々と編成していることも伝えられていた。

山の監視哨に支那兵の若干が配置された旨が伝えられて間もなく賀川警備隊が現れた。

「通訳のマスター、警備隊が村に近づいたとき分哨の男が村への連絡に走ったでしょう。おかげでわたしは前もって隠れられたのです。家から出るなとわたしに告げて華僑はあなた方を迎えに出たのです。もちろん住民にも通達されました。日本軍とは挨拶をのぞいて口を利くなと村長も指示しました」

その日の夕刻、イシマツの家に華僑が足を運んできた。指揮を執っているのが賀川少尉であること、少尉が連隊本部付になっていること、率いているのはにわかに編成された警備隊であることをイシマツは知った。

「わたしは死んだ友をまず思いました」

連隊本部付になったのは討伐における判断と指揮のまずさ、そして戦死者一名の未収容のためだと理解もした。

「賀川少尉は前回の駐屯終了後にしぼられたはずです。夜の牛車道を敵方に向けて進むだけで無謀なのです。駐屯地が銃撃されて冷静な判断を欠いたとみなされれば将校としての資質すら疑われかねません。連隊本部付になったのは体のいい謹慎と解釈すべきです」

そんな将校を警備隊長に据えねばならぬほど日本軍は手が足りない。ヤムオイ村を押さえておくことを決めた連隊の手元にヤムオイ村での駐屯経験を持つ賀川少尉がいれば使わぬわけにいかない。謹慎あけと同時に汚名返上の機会を与えるとの形がとられる。

「功を焦るなとでも告げて連隊は送り出したことでしょう」

賀川警備隊が現れたことでイシマツはひとつの予感を覚えた。オーマサは村の復元を考え、七か月のあいだ呻吟した。これを好機ととらえれば華僑の排除に必ず動く。

「だとすれば、その前に賀川少尉を殺さねばなりません。華僑がまず殺されれば駐屯地は警戒を強めてしまいます」

人の道を外れるとしても殺さねばならなかった。殺さねばより人の道を外れるとイシマツは決心した。なにがあろうとオーマサを人殺しにするわけにはいかなかった。

「賀川少尉を殺すのに最も適していたのがあの夜だったのです」

華僑にも女房にも決心を告げず日没を待った。明るい月を懸念してダアには竹炭をこすりつけた。

村の中は七か月の間にくまなく把握していた。駐屯地の林に忍び込むのは容易で、たとえ分哨が置かれていても気づかれない自信があった。廁に近い藪《やぶ》へ身を潜めたあとは息を殺して待つだけだった。

「すっかり手になじんだダアが頼もしくてなりませんでした。わたしは一刀で殺す自信がありました」

人間の体というものはよくしたもので必ず環境に適応する。ビルマの山間暮らしに染まったイシマツには、あの夜の月光はあまるほどだった。カンテラを手に廁へ向かう兵隊たちを見ていると日本人の体がいかに劣っているかが実感された。

賀川少尉が現れたとき血がたぎった。

「二名もの友を理不尽に殺した仇です。まったく迷いはありませんでした。喉に食い込んだダアの手応えは今も生々しく残っています」

賀川少尉が殺されても事実は伏せられる。伏せなければ少尉の名誉に関わり、さらには駐屯に関わる。指揮官の死である以上、警備隊は上の判断をあおぐことになる。イシマツにはためらう理由などなかった。

唯一の危惧が、賀川少尉の消えることでオーマサの決心が固まりかねないことだった。警備隊に罪をかぶせざるを得ないことがオーマサにとっての呵責《かしやく》だった。

オーマサの心が揺れていることは顔を見るまでもなく知れた。イシマツは捜索行の案配を語り、山の支那兵の存在を強調することでオーマサを牽制した。賀川少尉の殺害と同様、華僑の殺害も早いに越したことはない。その結果が中一日だった。

「魚は頭から腐る。でしたらやはり殺さねばならなかったのです。たとえ私的な感情がなくとも殺さねばならなかったのです。どうせ殺すなら公には存在しないわたしほどの適任者はいなかったのです」

名を問う勇気が依井にはなかった。イシマツの口から本名が出た瞬間、友軍に対する感情がどう変わるか予測がつかなかった。それは通訳を務めたこの一年が否定される恐怖をともなっていた。

「君は間違っている」

なにをどうすべきかまったく見えないまま口は動いた。分が軍属であることだけだった。

「君の身の上がどうあろうと賀川少尉を恨むなど見当違いもはなはだしい。重慶軍と接するうちに善悪の区別もつかなくなったか」

確かに責任は賀川少尉にある。指揮官がすべての責任を負うのが軍隊である。兵を死なせ、あるいは捕虜を出したことは、いかに言葉を弄しても動かない。

指揮も稚拙だったろう。夜間の戦闘はただでさえ錯誤と混乱が避けられない。駐屯地に対する銃撃が誘引策であった可能性を考えれば犠牲を強いられた兵隊が恨みたくなるのも分かる。イシマツの過ちはその恨みを晴らそうとしたことにある。

「善悪の区別すらつかない君のような人間は結局のところ誰かを恨むのだ。この世の事象のすべてが理想におさまらない限り恨むのだ」

「人でなしは殺さねばなりません。殺さねばまた誰かが泣きを見るのです」

華僑の殺害についてはまだ理解できる。村に対する行いひとつ取っても許せはしない。村とオーマサに対する恩義を思えばイシマツが傍観できるはずもない。

賀川少尉の殺害はそれとはまったく別である。あくまで個人的な感情の爆発であって完全な私怨でしかない。

私怨は心の問題だった。浅はかな人間は何を見ても恨みつらみを募らせる。賀川少尉を人でなしにしているのはイシマツの心である。

「通訳のマスター、三秒で結構ですから背中を向けてくれませんか。どう処置すべきかあなたにも分からないでしょう」

逃げるしかない。誰にとってもそれが最善だとの言葉が繰り返された。

「わたしは善悪の区別を見失ってなどいません。あの華僑は人でなしでした。殺しておかねばこの先どうなっていたでしょうか」

「では君はどうだ。シャン人なりビルマ人なりになってこの先どうするつもりでいたのだ。友軍に弓を引くことになると分かっていて重慶軍の言いなりになっていたのだろう」

「そんな気が少しでもあれば華僑を殺しはしません。わたしは存在してはならない。だからといって苦労を分かち合った戦友は裏切れない。あなたには分からないでしょうが、軍隊における人のつながりはときに親と子のそれを上回るのです」

「そのくせ賀川少尉は殺したのか」

「仇だからだ」

感情に押された発言はそれが初めてだった。声こそ荒らげはしなかったもののイシマツはそのとき依井を敵視していた。目には涙の膜があった。「通訳のマスター」と何度目か分からない呼びかけをはさんで静かな息が吐かれた。

　思えば通訳のマスターと呼びかけるたびにイシマツは説得の気配を発していた。日本人としての存在は許されないとしても、それゆえに日本人である努力をせねば自分を保てない。そんな苦しみの中で彼はもがいていた。

「そもそもおかしいと思いませんか。なぜ賀川少尉はあっさりと殺されたのでしょう。賀川少尉は実に簡単に死にました。わたしの行動それ自体は重要ではないのです。賀川少尉が無警戒でいたことが重要なのです」

　なぜ警戒をしていなかったのか。

　村の分哨を引き継ぎ、不寝番を立てる以外の措置をなぜ取らずにいたのか。

　なぜ林にも分哨を置かなかったのか。

　かつて銃撃を受けた駐屯地にありながら隊の負担を抑えた警備態勢でなぜ満足したのか。

「かつての駐屯を連隊がどう把握しているのかは知りませんが、報告が誤魔化されていることだけは断言できます」

　去年の駐屯時、イシマツが兵隊のひとりとしてあの宿舎群に寝床を構えていたことが今さらながらに意識された。あるいはその寝床は依井の入った宿舎にとられていたかも知れなかった。日記をつけ、裁縫をこなす戦友たちを見ながら、イシマツも毎日眠りについていた。それは確かなことだった。

「警戒するわけがありませんよ。駐屯地は銃撃など受けてはいないのですから」

•

その夜、銃声とともに隊の誰もが跳ね起きた。事態の理解はいつでも後回しである。下士官は完全軍装を指示した。

「銃声がした。完全軍装が指示された。その認識のみでわたしも動きました」

舎前へ飛び出したとたん分隊ごとの警戒が連絡掛下士官によって命じられた。イシマツの属していた分隊は林を抜けた南に配置されて後命を待つことになった。村の東方には支那兵の軍靴の跡が増えつつあり、小隊は警備態勢の強化を翌日に控えていた。重慶軍は先手を打ったのだとおのずと想像した。

しかし月影に浮かぶ林にも田畑にも敵影はなかった。銃声が再び上がることもなかった。すべての分隊が配置につき駐屯地はやがて静まり返った。

「さすがに分隊員たちも怪訝《けげん》そうでした。不思議なことにいつまで経っても後命は来ませんでした」

分隊長は兵のひとりに見てくるよう命じた。不吉な予感が働いてか、誰かが銃を暴発させたかなと冗談交じりにつぶやいた。

それは正しかった。

戻ってきた分隊員は妙な命令を持ち帰った。分隊長集合である。イシマツたちはその場で二十分近く待たされることになった。

「その間におおよそを理解しました。銃声は拳銃のそれだったとひとりが言うと半数ほどが同意したのです。小銃独特の深みがなく、あえて言うなら爆竹に近い音でした」

小隊で拳銃を所持しているのは賀川少尉だけだった。任官からいくらも経たぬ小隊長のことだから拳銃を不用意に扱ったのだろうと古参兵たちはすでに断定していた。警備態勢の強化を前に手入れをしていたとも考えられた。仕上げの空撃ちのつもりが暴発を招いた事故事例ならば新兵教育で教わることである。

戻ってきた分隊長からは一切の表情が失せていた。暴発だけならばまだ笑い話にできようが、弾が誰かに当たったとなれば深刻だった。拳銃弾といえども至近距離での命中では落命しかねない。舎前への集合を命じる分隊長の様子は最悪の事態を物語っていた。

「銃声は村にも届いたでしょうし足を運んできた住民もあったでしょう。村への説明が終わるまで我々は追い払われていた形です」

整列したイシマツたちの前に賀川少尉は険しい顔で立った。支那兵の銃撃を受けたことが宣言の口調で告げられ、ただちに討伐へ出る旨が告げられた。

「わたしは何も考えられませんでした。賀川少尉の当番を務めていたのはわたしの友でした。戦友以前の竹馬の友です。同じ尋常小学校に通い、ともに徴兵検査を受けて、ともに内務班でビンタを取られた男でした。その姿がどこにもありませんでした」

郷土編成の強みは団結力にある。苦しい場面で助け合う兵隊の心は入営前から培われている。その強みが敵に向いている限りはいかんなく力を発揮できる。問題は味方に向いたときである。

「軍隊とは本当によく出来ていると思います。友が死んだと認識し、殺したのは賀川少尉だと認識しても、そのときのわたしは隊の一員でしかありませんでした。仇である賀川少尉の命令で動く兵隊でした」

あくまで真相を伏せ、かつ当番兵の名誉と自分の身を守るなら、賀川少尉は戦死をでっち上げねばならない。そのためには討伐に出るしかない。討伐の口実として駐屯地が銃撃されたことにせねばならない。

小隊に属する全員がすべてを理解し、それでいながら誰も口を利かなかった。敵を求めての急行軍は賀川少尉の号令で始まった。敵にぶつかったなら形ばかりに撃ち合って退く。イシマツは兵隊の頭でただそう察した。

「ヤムオイ村を出てすぐでした。わたしは隊友のひとりとともに尖兵を命じられました。あとはもう語る必要はないでしょう。しばらくの行軍ののちに我々は急襲を受けました」

ともに尖兵に立った兵隊が死に、イシマツは捕虜となった。当番兵と合わせて三名が記録の上で戦死となった。

「死んだ尖兵も同年兵です。我々は英米との開戦で満期除隊が延期となってビルマへ来ました。ビルマの戡定がなるまでの辛抱だと三人でよく励まし合いました」

ビルマの戡定がなって以降、内地からは補充兵や現役兵が送られて来た。どこの兵団も一息つきつつ人事異動を行った。満期除隊が延期になっていた兵隊たちも内地に帰った。

そうしたことは重慶軍側も摑んでいるだろうし、確かめるまでもなくイシマツにも想像がつくだろう。それでいながら拳銃の暴発さえなければとの思いは口にされなかった。

「ありのままを報告できないことは分かっています。ありのままを報告すれば友は単なる事故死になる。戦地へ出て、他の兵隊と同じ苦労をして、満期除隊が延期になっても不満をこぼさぬよう努めて、あげく事故死ではたまらない。なにより内地の遺族が不憫にすぎます。もしわたしが事故死したらどうにかして戦死扱いにしてほしいと願うでしょう。ですが」

なぜイシマツが尖兵に指名されたのか。賀川少尉の判断だったのか。下士官の助言があったのか。

確証などなくとも意図的な人選とみねばならない。小隊を指揮する将校は兵隊のひとりひとりの身上と性分までを把握している。死んだ当番兵とイシマツの間柄、そしてイシマツの性分を勘案したとき、禍根を断つ必要を覚えぬはずがない。討伐に出た目的はむしろそこにある。

捕虜となってからのイシマツの心もそれで読める。自決などする気には到底なれまい。ヤムオイ村でシャン語を身に付けていく間も彼は決心を揺るがせずにいた。華僑が太鼓判を捺し、いずこへか送り出されたならば、賀川少尉を捜し出して殺すつもりでいたのである。

その賀川少尉が再びヤムオイ村に現れた。しかも華僑を殺せる唯一の機会となって現れた。

動かずにいろというほうが無理なのだろう。動かずにいられるのは、それこそ人の心を持たぬ者だけである。

「通訳のマスター、三秒だけ背中を向けてください」

天幕の外には相変わらず寂しげな虫の音があがっていた。副官が入り口をめくる兆しはまったくなかった。時間は天幕の中にのみ流れていた。

副官がイシマツに疑念を抱いたのは、あだ名の不自然さに気づいたときである。

オーマサ。コマサ。イシマツ。

賀川警備隊が村に入った日のことを兵隊たちに質《ただ》し、イシマツを見た者がいないのを確認し、助役ではない可能性を考えた。助役でないとすればあだ名の説明がつかない。ゆえに連隊へおもむいた。

賀川少尉のかつての部下を聴取しているならば戦死とされている三名のうち一名は行方不明だと聞き出している。適当と思える下士官兵をひとりずつ呼びつけ、口裏合わせを懸念しているとあえて示し、それを圧力としただろう。見かける機会など滅多にない連隊副官が足を運んできた上に聴取を受ければ偽る勇気など誰にもわくまい。

仮にそうした時間がなかったとしても写真は見ている。中隊の集合写真ならば指揮班に必ずある。副官はイシマツの顔と名前を確認してヤムオイ村へ戻ってきたのである。天幕がとうに放置されていることがそれを裏付けていた。

「君の名前を訊いてもいいか」

「言うつもりはありません。副官にも質さないでください」

民間人の存在がなかったら副官はどうしていたか。そこに具体的な想像を巡らせる気力を依井は持たなかった。

はっきりしているのは、まだ楽に処置できたということだけである。連隊副官とは、言うなれば連隊長の秘書である。先見性に秀でていなければ務まらない。通訳という人材の心が軍から離れることをも恐れていたのは疑いようがない。

もはやイシマツは誰にとっても逃げてくれるに越したことのない存在だった。たとえ事実が異なっていてもすべてをイシマツのしわざとせねばならなかった。

華僑の女房を連れて逃げたことは婦人たちが証言してくれる。イシマツはそんな先回りをした。依井に残された唯一の危惧をしっかりと見て取っているのだった。

「罪悪感はないか」

「罪悪感を抱く理由などわたしにはありません。警備隊にもじきに新しい隊長が着任するでしょう。着任しないとしても駐屯にある間はあの准尉さんが指揮を執るでしょう。准尉さんは保身で兵隊を殺すような人ではないでしょう。でしたらわたしは感謝されてもおかしくはありません」

軽薄な物言いは華僑の女房に対する胸のうずきの発露に感じられた。依井はそこにこそ危惧を抱いた。

「しゃべってはならない。いいなイシマツ、決してしゃべるんじゃないぞ」

「通訳のマスター。わたしがなぜ今ここに存在するのか今一度よくお考えください。わたしは重慶軍に態度を偽り続けたのです。七か月ものあいだ華僑にも態度を偽り続けたのです。さらに言うなら尊敬する村長にすら嘘をつき通したのです。本音なり真実なりをさらして楽になりたがるような卑怯者ではありません。お約束します」

杉山准尉に渡された拳銃は小さかった。付けられている紐が大げさに思えるほどの豆鉄砲である。

「殴られたくはない。わたしは弾が込められていると思い込んでいたのだ。君に拳銃をつきつけられたまま山まで歩かされたのだ」

紐を外して渡すとイシマツは押し戴いた。

「ご恩は忘れません」

「どこへ行く」

「遠くへ」

どの地であろうとビルマ人は親切である。戸籍制度もない。適当と思える僧院に華僑の女房を託したら自分も適当な村で暮らしたいとの言葉が続いた。ビルマに送られてきたのは今のイシマツにしてみれば幸運である。軍隊での苦労や除隊延期の不運もいずれは相殺できると信じる目をしていた。背を向けている間に彼は消えた。

婦人たちが証言してくれるなら、日本軍が始末したとの憶測が村に広がる恐れはない。オーマサが日本軍を見限ることもない。ただし村と隊の距離はいっそう開く。日本軍をまたひとつ欺いた罪悪感を抱える住民たちは他人のごとき態度に徹する。結果として心労の絶えない日々が続くことになる。

駐屯の終わるときまで依井の配属は解かれまい。いつまで経ってもうち解けようとしない住民を見るうちに下士官兵は立腹を覚えるだろう。それを押さえ込むのは副官と杉山准尉の役目である。

やはり立哨は外されていた。

副官の処置は正しい。良心には抗えなかったのだとしても正しく、依井に隠し通せなかったがゆえだとしても正しい。イシマツと華僑夫婦は日本軍に始末された。重慶軍にそう判断させねば誰も救われなかった。

二度の死を経てイシマツはビルマに溶け込む。華僑の女房を連れ出すかすかな音がし、草を踏む音が遠ざかると、天幕の外はまた虫の音に占められた。

解説

千街晶之

映画『殺人狂時代』における「一人を殺せば犯罪者だが、百万人を殺せば英雄だ」というチャールズ・チャップリンの台詞《せりふ》が象徴するように、戦争と平時での殺人事件とは、人を殺《あや》めるという行為が正当化されるか否かにおいて対極の位置におかれることが多い。にもかかわらず（あるいは、そうであるからこそ）、戦争は時として、個人的行為の極みである殺人を扱うミステリの題材にもなり得る。G・K・チェスタトン『ブラウン神父の童心』（一九一一年）所収の短篇「折れた剣」をはじめとして、数多くの作例が存在している。人間が駒として扱われる戦争の不条理な状況下においてこそ、鬱屈《うつくつ》した個人の情念は黒い輝きを放つのだから。

古処誠二《こどころせいじ》の長篇小説『いくさの底』（二〇一七年八月、KADOKAWAより刊行。初出は《小説すばる》二〇一六年十一月号）は、その系譜を代表する歴史的な一作だ。本書は、太平洋戦争中のビルマ（ミャンマー）を舞台にした迫真の戦争小説であり、同時に極めて高水準な本格ミステリでもある。

著者は一九七〇年生まれながら戦争小説の第一人者となりおおせたが、その作風の特色は、歴史のその後を知る現代人の特権的な視点や、書き手のイデオロギーに基づく善悪の判断を排除した点にある。史料に即した状況描写のディテールを徹底的に重視し、主人公の周辺以外で何が起きているかは極力描かず、登場人物に戦時中の日本人ならではの思考を展開させることで、物語は現在進行形で戦争を体験しているような迫真性を帯びる。本書においても、視点人物である依井《よりい》の周辺で起きている小状況が語られるだけであり、戦争の大状況が解説されるわけではない。そのため、作中人物にとっては周知の事実なので読者に説明されない前提について、ここで簡単に触れておこう。開巻早々、「ビルマ戡定《かんてい》」という言葉が出てくる。戡定なる単語を日常で目にしたことのある読者はまずいない筈《はず》だが、これは平定と同義であり、この場合は、一九四一年、太平洋戦争開戦とほぼ同時に日本軍が援蔣《えんしょう》ルート（日中戦争において、中華民国を率いる蔣介石《しょうかいせき》政府を連合軍側が軍事的に援助するために用いた輸送路）の遮断などを目的としてビルマに攻め入り、たちまち全土を制圧したことを指す。ビルマは一九世紀末からイギリスに植民地支配されていたため、戦勝後のビルマ独立を保証した日本軍を歓迎する国民も多かったのだ（一九四三年八月、独立運動家バー・モウを元首とするビルマ国が成立する）。しかし、一旦《いったん》退却した連合軍の巻き返しが、一九四三年末から本格的に始まる。一九四四年、日本軍はイギリス軍の拠点たるインドの都市インパールを攻略して反撃を試みるも（インパール作戦）、惨憺《さんたん》たる失敗に終わり、一九四五年の終戦までにビルマは連合軍によってほぼ奪還されることになる。

このビルマ戦線というと、「史上最悪の作戦」と称されるインパール作戦の無謀さや悲惨な過程がまず思い浮かぶ。しかし『いくさの底』という小説には、激しい戦闘シーンはないし、大量の餓死者が出るような状況もない。年代は明記されてはいないものの、作中の記述から一九四三年（昭和一八年）の一月が背景と推測される。まだ日本軍が優勢を保っていた頃の話だということを念頭に置いておきたい。

ビルマ北部シャン州のヤムオイという山村に、賀川《かがわ》少尉率いる警備隊がやってきた。賀川は以前にもこの地に駐屯したことがあり、村長らとも顔馴染《かおなじみ》である。ところが最初の夜、賀川は何者かに殺害される。動揺を恐れた警備隊側は、賀川の死を伏せ、彼がマラリアに罹患《りかん》したと村民たちに説明するが、それがかえって疑心暗鬼を生んでしまう。連絡を受けた連隊本部から、事件の調査と事態収拾のために連隊副官がやってきたが……。

舞台となるヤムオイ村は、中国側の重慶軍《じゅうけいぐん》に狙われている状態とはいえ、現状は凪《なぎ》のような状態にあり、住民たちも日本軍に一見友好的である。しかし、賀川の死という変事が起こることで、その人間関係は揺らぎ、崩壊してゆく。殺人者は敵である重慶軍かも知れないし、村民の中に何らかの動機を持つ者が潜んでいるのかも知れない。

いや、同じ日本軍内部にいる可能性もあるのだ。

視点人物の依井は通訳を務める商社員であり、要するに民間人なのだが、立場上は将校待遇の軍属である。そんな彼が見聞する、あからさまな他殺を隠蔽《いんぺい》してしまう軍隊という組織の奇怪な論理や、事態の進展につれて不穏な緊迫感を増してゆく村の空気が、著者ならではの抑えた筆致で的確に綴《つづ》られてゆく。

戦争を扱いつつ戦闘の描写をメインにはしない――という発想は、戦中も戦後も知らない世代の作家には時折見られる。近年のミステリ小説で言えば、深緑野分《ふかみどりのわき》『戦場のコックたち』（二〇一五年）や山本巧次《やまもとこうじ》『軍艦探偵』（二〇一八年）は、戦場という非日常空間を舞台にしつつ、どちらも前半は「日常の謎」パターンのミステリの趣向を取り入れている。

著者が本書で試みたことは、それらともまた異なる。人間同士の命のやりとりが行われる軍隊という組織で、戦闘とは無関係に、ある特定の人間の命を奪わなければならなかった理由とは何か。そののっぴきならない必然性こそが本書の要《かなめ》である。この場所、このタイミングでしか起こり得なかった殺人事件――。

著者は今では戦争小説の書き手として認識されているけれども、第十四回メフィスト賞を受賞したデビュー作『UNKNOWN』（二〇〇〇年。文庫化に際して『アンノウン』と改題）は自衛隊を舞台にした本格ミステリであり、大地震で地下駐車場に閉じ込められた高校生たちと教師が変死事件に直面する第二長篇『少年たちの密室』（二〇〇〇年。文庫化に際して『フラグメント』と改題）や、デビュー作と同じシリーズである『未完成』（二〇〇一年。文庫化に際して『アンフィニッシュト』と改題）も謎解きを軸としている。

こうして本格ミステリ作家として登場した著者が太平洋戦争を題材に選ぶようになったのは、第四作『ルール』（二〇〇二年）以降である。しかし、第三作までのように前面化はされていないにせよ、戦争小説に転じてからの作品の多くにも、やはりミステリの要素が含まれている。特に、戦地における人間の行動の謎を扱う際、著者のミステリ的な小説作法はただならぬ冴《さ》えを示す。例えば本書のひとつ前の長篇である『中尉』（二〇一四年）は、戦争末期のビルマを舞台に、伊与田《いよだ》という軍医中尉が拉致《らち》された事件を扱っているけれども、軸となるのは拉致の真相そのものより、一見怠惰で戦地には不向きと思える伊与田が、何故そのような人物になったのかという謎である。つまり、仮に殺人や拉致といったあからさまな犯罪ではなくとも、ある状況に運命的に投げ込まれてしまった人間の謎を取り扱うことで、戦地が舞台のミステリは成立し得るのである。

本書は著者が太平洋戦争を描いた小説中、最もエンタテインメント度とミステリ度の高い作品となっている。確かにここには殺人があり、その隠蔽があり、動機の意外性も充分だが、それらは犯人や被害者、そして他の登場人物たちの人間像を鮮やかに浮かび上がらせる効果を持つ。その意味で本書は著者の一連の戦争小説と同じ系譜に属するけれども、一方で『フラグメント』における殺人のタイミング面の必然性や『アンフィニッシュト』における自衛隊員と基地がある島の住民の関係など、初期作品に見られた要素もまた、より磨かれたかたちで継承されている。その意味で本書こそは、デビュー以降の著者の作風の集大成にほかならない。

本書は、第七十一回毎日出版文化賞（文学・芸術部門）と第七十一回日本推理作家協会賞（長編および連作短編集部門）をダブル受賞した。後者では、選考委員たちによって「書かれている人物と設定はごく狭い範囲に限定されている。が、戦争という極限状況を通しての人間を見る目に、この作者独自の奥行きと広がりがあるので、籠り感はない」（垣根涼介《かきねりょうすけ》）、「これだけの情報を盛り込みながら、わずか二百ページとコンパクトに収まっている理由の一つは、言葉から無駄がしっかり取り除かれていることにあるのだろう。この一点の素晴らしさを買い、授賞に賛同した」（長岡弘樹《ながおかひろき》）、「本作は戦争文学と本格ミステリーが奇跡的な融合を果たした異色の傑作で、戦争を賛美も断罪もしないが、真相がわかった時に立ち騰ってくる哀しみは深く心を打つ。まるでその場に居合わせたかのような手触りに満ちた、虚飾を徹底的に排した文章も一級品であると感じた」（深水黎一郎《ふかみれいいちろう》）、「『いくさの底』はミステリー的なプロットやトリックが五作の中で突出していた。加えて太平洋戦争というと対アメリカがすぐに浮かぶが、それ以前の、インドシナでの同じアジア人たちが入り乱れた戦いという状況が、トリックに上手く活かされている」（麻耶雄嵩《まやゆたか》）といった点が評価された。また、本書は第十八回本格ミステリ大賞（本格ミステリ作家クラブ会員の投票で決定される）にもノミネートされ、大賞受賞作の今村昌弘《いまむらまさひろ》『屍人荘の殺人』と僅《わず》か二票差という大健闘を示した。戦争小説と本格ミステリの融合という著者の創作意図は見事に成功を収め、文壇でも認められたことになる。

そして著者の現時点での最新長篇『生き残り』（二〇一八年）も、ビルマを舞台とした軍隊ミステリである。ミステリによって戦争の本質を描こうとする著者の試みは、まさに現在進行中の注目すべき文学的実験なのだ。

本書は、二〇一七年八月に小社より刊行された
単行本を修正のうえ、文庫化したものです。

いくさの底《そこ》

古《こ》処《どころ》誠《せい》二《じ》

令和2年 1月25日 初版発行
令和6年 6月15日 3版発行

発行者●山下直久

発行●株式会社KADOKAWA
〒102-8177 東京都千代田区富士見2-13-3
電話 0570-002-301（ナビダイヤル）

角川文庫 21988

印刷所●株式会社KADOKAWA
製本所●株式会社KADOKAWA

表紙画●和田三造

●お問い合わせ
https://www.kadokawa.co.jp/（「お問い合わせ」へお進みください）
※内容によっては、お答えできない場合があります。
※サポートは日本国内のみとさせていただきます。
※Japanese text only

ISBN 978-4-04-108399-4 C0193

角川文庫発刊に際して

角川源義

第二次世界大戦の敗北は、軍事力の敗北であった以上に、私たちの若い文化力の敗退であった。私たちの文化が戦争に対して如何に無力であり、単なるあだ花に過ぎなかったかを、私たちは身を以て体験し痛感した。西洋近代文化の摂取にとって、明治以後八十年の歳月は決して短かすぎたとは言えない。にもかかわらず、近代文化の伝統を確立し、自由な批判と柔軟な良識に富む文化層として自らを形成することに私たちは失敗して来た。そしてこれは、各層への文化の普及滲透を任務とする出版人の責任でもあった。

一九四五年以来、私たちは再び振出しに戻り、第一歩から踏み出すことを余儀なくされた。これは大きな不幸ではあるが、反面、これまでの混沌・未熟・歪曲の中にあった我が国の文化に秩序と確たる基礎を齎らすためには絶好の機会でもある。角川書店は、このような祖国の文化的危機にあたり、微力をも顧みず再建の礎石たるべき抱負と決意とをもって出発したが、ここに創立以来の念願を果すべく角川文庫を発刊する。これまで刊行されたあらゆる全集叢書文庫類の長所と短所とを検討し、古今東西の不朽の典籍を、良心的編集のもとに、廉価に、そして書架にふさわしい美本として、多くのひとびとに提供しようとする。しかし私たちは徒らに百科全書的な知識のジレッタントを作ることを目的とせず、あくまで祖国の文化に秩序と再建への道を示し、この文庫を角川書店の栄ある事業として、今後永久に継続発展せしめ、学芸と教養との殿堂として大成せんことを期したい。多くの読書子の愛情ある忠言と支持とによって、この希望と抱負とを完遂せしめられんことを願う。

一九四九年五月三日

角川文庫ベストセラー

線　古処誠二

過酷な自然、重い疲労、マラリアの蔓延――。冷徹なまでのリアリズムで、第二次世界大戦時のニューギニアの兵站線上から、名も無き兵隊たちのドラマを描きだした、小説の極致！

中尉　古処誠二

現地民と歩兵の心の闇、緊迫する心理戦、知られざる真実――。敗戦間近の英国領ビルマを舞台に人の世の不条理をあぶり出し、『ビルマの竪琴』に比肩する名作と称された瞠目の戦争小説！

ダリの繭《まゆ》　有栖川有栖

サルバドール・ダリの心酔者の宝石チェーン社長が殺された。現代の繭とも言うべきフロートカプセルに隠された難解なダイイング・メッセージに挑むは推理作家・有栖川有栖と臨床犯罪学者・火村英生！

海のある奈良に死す　有栖川有栖

半年がかりの長編の見本を見るために珀友社へ出向いた推理作家・有栖川有栖は同業者の赤星と出会い、話に花を咲かせる。だが彼は〈海のある奈良へ〉と言い残し、福井の古都・小浜で死体で発見され……。

朱色の研究　有栖川有栖

臨床犯罪学者・火村英生はゼミの教え子から2年前の未解決事件の調査を依頼されるが、動き出した途端、新たな殺人が発生。火村と推理作家・有栖川有栖が奇抜なトリックに挑む本格ミステリ。

角川文庫ベストセラー

ジュリエットの悲鳴
有栖川有栖

人気絶頂のロックシンガーの一曲に、女性の悲鳴が混じっているという不気味な噂。その悲鳴には切ない恋の物語が隠されていた。表題作のほか、日常の周辺に潜む暗闇、人間の危うさを描く名作を所収。

暗い宿
有栖川有栖

廃業が決まった取り壊し直前の民宿、南の島の極楽めいたリゾートホテル、冬の温泉旅館、都心のシティホテル……様々な宿で起こる難事件に、おなじみ火村・有栖川コンビが挑む！

壁抜け男の謎
有栖川有栖

犯人当て小説から近未来小説、敬愛する作家へのオマージュから本格パズラー、そして官能的な物語まで。有栖川有栖の魅力を余すところなく満載した傑作短編集。

赤い月、廃駅の上に
有栖川有栖

廃線跡、捨てられた駅舎。赤い月の夜、異形のモノたちが動き出す――。鉄道は、私たちを目的地に運ぶだけでなく、異界を垣間見せ、連れ去っていく。震えるほど恐ろしく、時にじんわり心に沁みる著者初の怪談集！

幻坂
有栖川有栖

坂の傍らに咲く山茶花の花に、死んだ幼なじみを偲ぶ「清水坂」。自らの嫉妬のために、恋人を死に追いやってしまった男の苦悩が哀切な「愛染坂」。大坂で頓死した芭蕉の最期を描く「枯野」など抒情豊かな9篇。

角川文庫ベストセラー

怪しい店　有栖川有栖

誰にも言えない悩みをただ聴いてくれる不思議なお店〈みみや〉。その女性店主が殺された。臨床犯罪学者・火村英生と推理作家・有栖川有栖が謎に挑む表題作「怪しい店」ほか、お店が舞台の本格ミステリ作品集。

バッテリー　全六巻　あさのあつこ

中学入学直前の春、岡山県の県境の町に引っ越してきた巧。ピッチャーとしての自分の才能を信じ切る彼の前に、同級生の豪が現れ!? 二人なら「最高のバッテリー」になれる！　世代を超えるベストセラー!!

ラスト・イニング　あさのあつこ

大人気シリーズ「バッテリー」屈指の人気キャラクター・瑞垣の目を通して語られる、彼らのその後の物語。新田東中と横手二中。運命の試合が再開された！　ファン必携の一冊！

晩夏のプレイボール　あさのあつこ

「野球っておもしろいんだ」――甲子園常連の強豪高校でなくても、自分の夢を友に託すことになっても、女の子であっても、いくつになっても、関係ない……野球を愛する者、それぞれの夏の甲子園を描く短編集。

グラウンドの空　あさのあつこ

甲子園に魅せられ地元の小さな中学校で野球を始めたキャッチャーの瑞希。ある日、ピッチャーとしてずば抜けた才能をもつ透哉が転校してくる。だが彼は心に傷を負っていて――。少年達の鮮烈な青春野球小説！

角川文庫ベストセラー

緑の家の女　逢坂　剛

ある女の調査を頼まれた岡坂神策。周辺を探っている最中、女の部屋で不可解な転落事故が！　逢坂剛の大人のサスペンス。「岡坂神策」シリーズ短編集（『ハポン追跡』）が改題され、装い新たに登場！

宝を探す女　逢坂　剛

岡坂神策は、ある晩ひったくりにあった女を助けるが、なぜかその女から幕末埋蔵金探しを持ちかけられる（表題作）。「岡坂神策」シリーズから、5編のサスペンス！『カプグラの悪夢』改題。

十字路に立つ女　逢坂　剛

岡坂の知人の娘に持ち込まれた不審な腎移植手術の話。古書街の強引な地上げ攻勢、過去に起きた婦女暴行殺人犯の脱走。そして美しいスペイン文学研究者との恋。錯綜する謎を追う、岡坂神策シリーズの傑作長編！

熱き血の誇り（上、下）　逢坂　剛

製薬会社の秘書を勤める麻矢は、偶然会社の秘密を知ってしまう。白い人工血液、謎の新興宗教、追われるカディスの歌手とギタリスト。ばらばらの謎がやがて1つの線で繋がっていく。超エンタテインメント！

シュンスケ！　門井慶喜

伊藤俊輔、のちの伊藤博文は農民の子に生まれながらも、その持ち前のひたむきさ、明るさで周囲を魅了し、驚異的な出世を遂げる。新生日本の立役者の青年期を、さわやかに痛快に描く歴史小説。

角川文庫ベストセラー

螻蛄　黒川博行

信者５００万人を擁する宗教団体のスキャンダルに金の匂いを嗅ぎつけた、建設コンサルタントの二宮とヤクザの桑原。金満坊主の宝物を狙った、悪徳刑事や極道との騙し合いの行方は!?　「疫病神」シリーズ!!

繚乱　黒川博行

大阪府警を追われたかつてのマル暴担コンビ、堀内と伊達。競売専門の不動産会社で働く伊達は、調査中の敷地９００坪の巨大パチンコ店に金の匂いを嗅ぎつけると、堀内を誘って一攫千金の大勝負を仕掛けるが!?

燻《くすぶ》り　黒川博行

あかん、役者がちがう――。パチンコ店を強請る２人組、拳銃を運ぶチンピラ、仮釈放中にも盗みに手を染める小悪党。関西を舞台に、一攫千金を狙っては燻り続ける男たちを描いた、出色の犯罪小説集。

破門　黒川博行

映画製作への出資金を持ち逃げされたヤクザの桑原と建設コンサルタントの二宮。失踪したプロデューサーを追い、桑原は本家筋の構成員を病院送りにしてしまう。組同士の込みあいをふたりは切り抜けられるのか。

二度のお別れ　黒川博行

三協銀行新大阪支店で強盗事件が発生。犯人は約４００万円を奪い、客の１人を拳銃で撃った後、彼を人質に逃走した。大阪府警捜査一課は捜査を開始するが、犯人から人質の身代金として１億円の要求があり――。